刺客見習い

剣客相談人17

森詠

時代小説

二見時代小説文庫

目次

刺客見習い——剣客相談人17

第一話　雨に煙る町

一

雨が音もなく降っていた。

戻り梅雨《づゆ》か。

元那須川藩《なすがわはん》主若月丹波守清胤《わかつきたんばのかみきよつぐ》こと、大館文史郎《おおだてぶんしろう》は長屋の油障子戸を開けたものの、屋根と屋根の間の細い空を見上げ、溜め息をついた。

梅雨は、数日前に上がったはずなのに、空にはどんよりとした雨雲が拡がっている。

先刻よりも本降りになっている。

地面は雨でぬかるみ、足場が悪い。

裏の空き地で素振りの稽古をしようと木刀を手にしたものの、雨の様子を見て、だいぶ稽古をしようという気持ちが萎《な》えてしまった。

爺《じい》の篠塚左衛門《しのづかさえもん》は、いつものように口入れ屋の権兵衛《ごんべえ》の店《たな》に出掛けている。

藩主の座を下り、若隠居の身になっても、傅役《もりやく》がいるとは我ながら情けない。まるで元服前の子供ではないか。

かといって、傅役はもういいから、爺に江戸屋敷に戻れと申し付けても、屋敷には役職がないだろう。結局、爺は飼い殺しのわずかばかりの扶持《ふち》を与えられ、陰で穀潰《ごくつぶ》しだの、役立たずの厄介者《やっかいもの》、といわれるのがオチである。

それでは、いくらなんでも、これまで世話になった爺が可哀想だ。

爺はとっくに還暦《かんれき》過ぎとはいえ、同じ年代の高齢者と違って、まだまだ若い。足腰もしっかりしており、剣術の腕も立つ。そんじょそこらの腕自慢の若侍が束になってかかっても、爺を打ち負かすことは容易ではあるまい。

文史郎は上がり框《かまち》から部屋に上がり、万年床《まんねんどこ》にごろりと仰向《あおむ》けにひっくり返った。

澄んだ水音がほぼ規則正しくきこえている。

文史郎は部屋の中ほどに置かれた手桶をぼんやりと眺めた。爺が出掛けに置いていった手桶だ。

雨漏りの雫《しずく》が、その手桶に落ち、小さい水音を立てているのだ。

屋根のどこかに隙間ができているらしく、雨漏りがある。水が梁《はり》を伝わって雫《しずく》が落ちてくるのだ。

壁越しに隣の長屋の子供たちの騒ぐ声やおかみさんの叱る声が、雨のせいで、遠くの騒《ざわ》めきにしかきこえない。

雨に降り込まれ、大工や左官、鳶《とび》の職人たちは、仕事に出ることもなく長屋にくすぶっている。

大門甚兵衛《だいもんじんべえ》も日雇いの土方《どかた》仕事がないために、長屋でくすぶっていることだろう。

いや、待てよ。

大門のことだ。きっと弥生《やよい》の大瀧《おおたき》道場に出掛けて、若い門弟たち相手に稽古を付けているかもしれない。

躯《からだ》を動かすには道場で竹刀《しない》を振るうのが一番ではないか。汗をかいたら、帰りに湯《ゆう》屋《や》に寄って、ひと風呂浴びる。

大門もきっとそうする。

ついで大門と連れ立って、行きつけの飲み屋「駒《こま》や」に立ち寄り、旨《うま》い下《くだ》り酒を一杯というのも悪くない。

うむ、それがいい。

文史郎はむっくりと起き上がった。

大小の刀を腰に差した。

土間《どま》に降り、下駄《げた》を突っ掛けて、油障子戸を開けた。

長屋の外の雨は先刻よりも、いくぶんか雨足が弱くなっている。

土間の隅《すみ》に立て掛けてあった番傘を手に、外に出た。傘を開いた。傘の一部が破れていた。

破れ傘か。

だが、破れ傘でも濡れて行くよりはましだ。

文史郎は傘をかかげ、障子戸を閉めた。

表の通りの方で、いくつもの呼子《よぶこ》が吹き鳴らされている。

御用の捕手《とりて》たちが犯人を追い、呼び合う笛の音だ。

通りの方角から怒声が起こり、大勢の走る気配がした。

剣を打ち合う音が響き、悲鳴も起こる。

「……生け捕りにしろ」

大声が雨をついてきこえる。

ただならぬ気配に、裏店《うらだな》のおかみや亭主たちが障子戸を開け、恐る恐る外を窺《うかが》っていた。

右隣の長屋のお福《ふく》と、亭主の精吉《せいきち》が障子戸の間から外を覗いていた。

左隣のお米市松《よねいちまつ》夫婦も半開きにした障子戸の間から、恐々《こわごわ》と顔を出していた。

お福は文史郎を見るとほっと安心した顔でいった。

「物騒ですよねえ、お殿様。こんな真っ昼間から捕物だなんてねえ」

「うむ」

表の通りの捕物騒ぎはあらかた収まったらしく、笛の音は止《や》み、動き回る人の気配もだんだんと遠退《とおの》いて行く。

「なんでえ、なんでえ。おもしろくねえ。もう騒ぎは収まったってえのかい。これから、ひとっ走り見物に行こうかってえのによ」

精吉が腕まくりをし、浴衣《ゆかた》を尻端折《しりはしょ》りして息巻き、いまにも通りに飛び出そうとした。慌ててお福が精吉の袖を捉《とら》えた。

「あんた、よしなって。喧嘩じゃなくて捕物なんだからさ。余計な手を出して、巻き添え食ったら、いったい、どうするんだい」

「て、やんでえ。小役人や岡っ引きが恐くてやってられるか。盗人《ぬすっと》だって三分《ぶ》の理ありでえ」

「あんた、盗人って決まったわけじゃないよ。辻《つじ》強盗や辻斬りってこともあるでしょ」

「辻強盗だあ？　辻斬りだってのか？　こんな雨降りの日に、そんな馬鹿をやるやつはいねえだろうが。ねえ、殿様」

「ううむ」

文史郎は苦笑した。

精吉は文史郎の姿を見て、いざとなったら、文史郎が助けてくれると思ったのだ。

市松の声が響いた。

「そうだぜ、兄弟《きようでえ》。いまの御時勢だ。泥棒じゃなければ、役人連中の弱い者いじめに決まってらあ。ちょっくら行ってみようぜ」

お米の亭主の市松も、文史郎の姿に勇気付けられ、しゃしゃり出て来ると、腕まくりをして息巻いた。

お米の呆《あき》れた声がした。

「まあま、あんたまで調子に乗って。お殿様がいるからって、強がって」

「そうだよ、うちの亭主も亭主だ。いくら雨で退屈しているからって」

お福も背の赤ん坊をあやしながら、苦情をいった。お福の軀を押し退《の》けるようにして、息子や娘が顔を出す。

精吉は強がった。

「かかあの出る幕じゃねえぜ。喧嘩と捕物は江戸の名物でえ」

「そうそう、市松の兄い、ちょっくら行って見て来るべえ」

「行こう行こう」

精吉と市松は浴衣を尻端折りし、手拭いで頬冠《ほおかぶ》りした姿で雨の中に駆け出していった。

お福が溜め息をついた。

「お殿様、あの宿六《やどろく》たちになんとかいってやってくださいな」

「そうですよ。お調子者なんだから」

お米も嘆いた。

「それがしがいっても、あの二人がいうことをきくとは思えないのだがな。ま、それとなくいっておこう」

「お殿様がどやしつければ、一発でいうことをききますよ」

「きっとですよ。お殿様」とお福。

「分かった分かった」

文史郎は破れ傘をかかげ、雨を避けながら、裏店の木戸へ歩き出した。

木戸から、いま出たばかりの精吉と市松がもつれ合うようにして戻って来る。精吉が木戸の格子戸を急いで閉めた。

市松がぐったりとした男の上半身を抱え起こした。精吉が駆け戻り、男の両足を持ち上げ、運び込もうとしていた。

一目見て、一太刀を浴び、深手《ふかで》を負った若者だと分かる。

「精吉、市松、いったい、どうしたのだ？」

「お殿様、この若侍が木戸の前に倒れていたんで」

「可哀想に斬られて、死にそうなんで」

文史郎は若侍を覗き込んだ。

元服《げんぷく》前の若者だった。前髪《まえがみ》も初々《ういうい》しく、整った顔立ちをしている。

腰に大小の刀を差しているものの、大刀は鞘《さや》だけだった。肩口を斬られたらしく、小袖がぱっくりと口を開き、傷口から大量の血が溢《あふ》れ出ている。

一刀両断。すっぱりとした切り傷から察するに、相手はかなりの剣の達人と見た。

「おい、若いの、しっかりしろ」

精吉が怒鳴り、若侍の軀《からだ》を揺すった。

「こんなところで死ぬんじゃねえ。おっかあが待っているぞ」

「お殿様、なんとか助けてやってください」

かなりの深手だった。若者の顔は血の気が失せ、青白くなっていた。もはや助からないかもしれない。顔に死相が表れていた。

「ともあれ、長屋へ運ぼう」

文史郎は二人に指示した。

「はい」

精吉と市松が瀕死《ひんし》の若侍の上半身と足を持ち、文史郎の長屋へと運んだ。

ただならぬ騒ぎを聞き付け、両隣のお福とお米が飛び出して来た。

「あんた、いったい、どうしたってえの」

「どうしたの？　この血だらけの若いサムライは？」

「木戸の前に倒れていたんだ」

「きっと誰かに襲われたんだ」

「若いのに可哀想」

「精吉、市松、早く入れろ」

「へい」「いいんですかい？　お殿様のところで」

「いいから、入れるんだ」

文史郎は障子戸を開け、若侍の軀を長屋に運び込ませた。

若侍は意識を失っているが、まだ呼吸はしている。胸の鼓動が異常に速い。若いから、もしかして、助かるかもしれない。

「なんとか、傷口の血を止めねばいかん。それがしの浴衣でもなんでもいい、傷口を塞《ふさ》ぐ布を用意してくれ」

お福は若侍を覗き込んだ。

「まあ、こんな女の子のような綺麗《きれい》な顔立ちの若衆が、いったい、何をしたというのでしょ？」

「可哀想。こんな若くして死ぬなんて」

お米は口を押さえた。

文史郎は下駄を脱いで部屋に上がると、折り畳んだ布団を広げた。

「精吉、その布団にこやつを寝かせろ」

「でも、お殿様、布団が血で汚れますぜ」

「そんなことをいっている場合ではないぞ。血なんぞ洗えば落ちる」

二人は、若侍を布団に横たわらせた。

「濡れた着物を脱がせて、裸にするんだ」

「へい」

精吉と市松は慣れぬ手で若侍の着物や裁着袴《たつつけばかま》を脱がせようとしたが、なかなか帯の結び目が解《ほど》けない。

「男はこれだから、だめなのよね」

「普段、子供の脱ぎ着せをしていれば、こんなの簡単なんだから」

お福とお米が部屋に上がると、精吉と市松を押し退け、若侍に取りついた。

二人は若侍の裁着袴を脱がせ、血だらけの小袖や下着を剝《は》いでいった。たちまち、若者は下帯《したおび》だけの裸になった。

文史郎は若侍に屈み込み、肩口の傷を検《あらた》めた。

傷口は左胸から右脇腹にかけて、斜め一文字に開いている。相手は若侍と正対し、右上段から一気に斜め袈裟《けさ》懸《が》けに斬り下した。傷口からはまだ血が溢れ出ていた。

文史郎は急いで手近にあった浴衣の袖を引き裂き、畳んで傷口に押し当てた。

「ここの傷口を押さえておけ」

「はい」

お福は文史郎に代わって布を押さえた。

文史郎は刀の柄《つか》から小柄を引き抜き、浴衣に切れ目を入れた。布の両端を摑んで、一気に引き裂いて、何本も包帯《ほうたい》を作った。

「お米、長持《ながもち》の中にある、それがしの着物を取り出してくれ」

「はい」

お米は立ち上がり、長持を開けて、中を探した。

「これは、みんなお殿様の上等なお着物ではないですか」

「そんなことは、どうでもいい。ともかく、布がほしい」

お米が市松に怒鳴るように命じた。

「あんた、うちからあんたの浴衣、持っといで。洗い立てがあるから」

「おっかあ、うちには余分な浴衣なんかねえじゃねえかい」

「ぐずぐずいうんじゃないの」

「あれは、俺の一張羅《いっちょうら》じゃねえのか?」

「いいから、持っといで。お殿様がいっているだろう、そんなことをいっている場合じゃないって」

市松はぶつぶついいながら隣の自分たちの部屋に戻って行った。

入れ替わるように、左衛門が番傘を畳みながら、戸口に現れた。

「ただいま戻りました。……殿、いったい、何の騒ぎですかな」

「怪我人だ。なかなかの深手だ」

左衛門は裸にされた若侍を一目見て、うなずいた。

「殿、その傷はわれわれには手が負えませんぞ。すぐに典医《てんい》の幸庵《こうあん》殿を呼びましょう」

「うむ。頼む。大至急、連れて参れ。こやつの運が強ければ、それまで生き長らえることができよう」

「はい。では、ひとっ走り呼びに行って参ります」

左衛門は立ち上がり、雨の中に走り出して行った。

若侍は苦しげに呻《うめ》き、身動《みじろ》いだ。気付いたのだ。目をうっすらと開けた。

文史郎は若侍に屈み込んだ。

「おぬし、名はなんと申す？」

「……シ、シンゴ」

「シンゴか。で、姓は？」

若侍は口を噤《つぐ》み、答えなかった。

「いったい、何があった？」

若侍は口をもぐもぐさせた。

「……無念」

「誰に斬られたのだ？」

「…………」

若侍は答えず目を瞑《つむ》った。そのまま軀から力が抜けていく。

「おい、しっかりしろ」

若侍の手足がすっかり冷えている。雨に濡れて体温を失ったのだ。

文史郎は傍《かたわ》らの褞袍《どてら》を引き寄せ、若侍の裸身にかけた。

「お福、お米、乾いた布はないか。乾布摩擦《かんぷまさつ》をして、こやつの手足を温めろ。このままでは死ぬ」

文史郎は若侍の腕を素手で摩擦しはじめた。

お福とお米も、あねさん被《かぶ》りをしていた手拭いを外し、若侍の脚や軀を擦《こす》り出した。

お福が立った。

「うちから乾いたおむつを持って来るわ」

「頼む」

お福は油障子戸を開き、隣へ帰った。

「おい、しっかりしろ。死ぬな。いいな、死ぬんじゃないぞ」

文史郎は大声で励ましながら、お米といっしょに若侍の軀をさすった。

二

「手は尽くしました。あとは、本人の生きたいという意欲次第ですな」

幸庵は手桶の湯で手を洗いながらいった。

幸庵は那須川藩お抱えの典医である。

幸庵は長崎《ながさき》の出島《でじま》で西洋医学を学んだ。シーボルトの弟子の指導の下《もと》、外科医として研修を重ねた。文史郎とさほど年齢の差はないが、名医の評判が高い。

文史郎がまだ那須川藩主だったとき、蘭医幸庵の評判を聞き、彼の医学の腕を見込んで、ぜひに我が藩にと、三顧《さんこ》の礼を尽くして藩の典医に迎えた。

幸庵は、最初、藩の典医になるつもりはない、シーボルト先生の教えの通り、武士や貴族を診るだけでなく、普通の庶民の病《やまい》を治すことをめざしたい、と婉曲《えんきょく》に断った。

文史郎は、藩の典医としてお迎えするが、藩邸に住まわずともよい、町家の人々も通《かよ》えるような診療所を設けるので、そこで武士、町民の区別なく、誰でも診療していただいて結構といった。

幸庵は、それならと快く典医を引き受け、藩邸近くの仕舞屋《しもたや》を診療所として、医療活動を始めた。文史郎とは、それ以来の付き合いだった。

「今夜がヤマですな」

幸庵は文史郎にいった。

「そうですか」

文史郎は薄暗い部屋の中に横たわるシンゴと名乗った若侍を見つめた。侍というには、まだ若すぎる。前髪を付けていることから、元服前の少年だ。

お福が蒲団の傍らでシンゴの手を握り、涙ぐんでいる。まるで、我が子が危篤《きとく》に陥っているかのようだった。

お米も枕元で、手桶の水に浸した手拭いを絞り、シンゴの熱で汗ばんだ顔を拭っている。

左衛門は台所で竈《かまど》に薪《まき》をくべ、火を焚《た》いている。

幸庵の助手の男が、沸いた釜の湯に小刀や鋏《はさみ》などの手術器具を浸けて煮沸《しゃふつ》している。

油障子戸ががたぴしと音を立てて開《ひら》いた。

「殿、いったい、何ごとですか？」

髯《ひげ》の大門が顔を覗かせた。

ばさばさと番傘の雨滴を払って畳みながら、油障子戸を閉めた。

「シッ」

お米が険《けわ》しい顔で指を立て、口にあてた。

「あ、あい済まぬ」

大門は一目《ひとめ》部屋の中を見て、事態を察知し、声をひそめた。

「その若者、殿の知り合いでござるか？」

「いや、知らぬ若者だ。何者かに斬られて、うちの裏店に転がり込んだ」

「ははあん。それで、通りの方では大騒ぎをしているんだ」

「何の騒ぎだ？」

「この近くで、なにやら大がかりな捕物があったらしいですぞ」

大門は障子戸の外に気を配り、小声でいった。

「うむ。だいぶ前まであちらこちらで呼子が鳴らされていたな」

「湯屋できいたのでござるが、どうやら、さる幕閣の屋敷に招かれた異人たちの客が、暴漢に襲われたそうなのです」

「……なに？　異人たちが襲われただと？」

「それで、護衛の者たちと襲った輩《やから》たちが斬り合いになり、襲った輩たちは大半が斬られ、追い払われたそうでござった」

「ほほう」

「いま、捕方たちが逃げた残党を探しているらしい。逃げ込んだと思われる裏店を片っ端から家捜《や》ししているそうでござる」

「この若者、そやつらの一味かな？」

「殿、かもしれませぬぞ」

文史郎は幸庵と顔を見合わせた。大門が黒髯をそっと撫でた。

お福とお米がまじまじと若侍を覗いた。

「まあ、この子が、そんな大それたことをしたというの？　なんということでしょう」

お福が涙ぐんだ。

「お福さん、そんなこと、まだ決まったわけじゃないわよ」

お米が顔をしかめた。

大門が文史郎にいった。

「いま、表の通りには、役人たちがうろついております。やがて、ここにも来るのではっ？」

左衛門が小声で文史郎に囁《ささや》いた。

「殿、いかがいたします？　こやつ、奉行所へ渡しますか」

文史郎は腕組をした。

「いま、この若者はあの世とこの世の境を彷徨《さまよ》っているところだ。下手《へた》に動かせば死ぬ。何をやったか分からぬが、無駄に死なせるわけにはいくまい」

「そうですな。親もいることでしょうし」

左衛門もうなずいた。

「こやつが、運よく生き延びることができたら、そのときに、どうするかを考えることにしよう」

「そうですな。窮《きゅう》鳥《ちょう》懐に入るですものな」

大門も大きくうなずいた。

幸庵が文史郎に向いた。

「殿、私ども、そろそろお暇《いとま》せねばなりませぬ。診療所に大勢の病人たちを待たせておりますので」

「おう。そうであったな。幸庵、ありがとう。突然に呼び出して」

「いえ。殿のためなら、いつでも駆け付けますから」

「幸庵、それがし、もう藩主ではないぞ」

「私にとっては、文史郎様は、お殿様に変わりはありません」

幸庵は助手の男に向いた。

「呉助《ごすけ》、片付けは終わったかな」

「はい。ただいま。これが終わりましたら」

助手は煮沸した手術器具を一つひとつ、箸《はし》で摘《つま》み上げ、白布に包んでいく。

呉助と呼ばれた助手は全部を白布に包み、さらに紫色の風呂敷に包んだ。

「殿、明日また、こちらをお訪ねします」

「それまでに、わしらがやることはないか？」

「何もありません。あとは天命《てんめい》を待つのみでございます」

「なんとか、生き延びてくれればいいが」

文史郎は意識を失っている若者を見下ろした。

若者は相変わらず血の気のない、青白い顔をしている。

幸庵は文史郎に頭を下げた。

「殿、では、私たちはこれにて失礼します」

「幸庵、ご苦労だった。爺、駕籠《かご》の手配は？」

「はい。表通りに権門《けんもん》駕籠を待たせてあります」

「うむ」

「では、また明日に」

幸庵と助手の吾助は、左衛門に送られて長屋から出て行った。

「こんな幼気《いたいけ》な若い子が死ぬなんて」

お福が涙ぐんだ。お米がお福を慰めた。

「お福さん、不吉なことをおいいでないよ。まだ死ぬと決まったわけじゃない。観音《かんのん》菩薩《ぼさつ》様だって、きっとこの子を見たら、まだあの世に行くには早すぎるってお止めになるよ」

「今夜のヤマを越えればいいですが」

大門は腕組をした。

外にまた雨の気配がした。

重苦しい沈黙が部屋に訪れる。

隣の部屋から、子供たちのお福を呼ぶ声が壁越しに伝わってくる。

「お福もお米も、ありがとう。あとは、我らがこやつの面倒は見る。引き揚げてくれ」

お福が手拭いで涙を拭いながらいった。

「そうですか。では、もし、何か御用があったら、いつでもいいですから呼んでください」

お米もうなずいた。

「壁をどんどんと叩いていただければ、すぐに飛んで来ますからね」

「お福さん、お米さん、ほんとにかたじけない。よろしく頼みます」

大門も二人に礼をいい、頭を下げた。

お福とお米は心配気に若侍を振り返り振り返りしながら、両隣に帰って行った。

壁越しに亭主や子供がお福やお米を労《ねぎら》う声がきこえた。

「左衛門殿の帰りが遅いですな」

大門が文史郎にいった。

幸庵たちを見送りに行ったまま、まだ戻らない。

通りの方から、人の揉める気配がする。

「大門、何ごとか」

「見て参りましょう」

大門が土間に降り、下駄を履《は》いて、油障子戸を開けた。

長屋の間の細小路で、人が言い合う声がする。左衛門の声もする。

大門がのっそりと外に出た。

「大門、それがしも行く」

文史郎は刀を手に、大門に続いて外に出た。

木戸の前に大勢の人影があった。

雨は小降りになっていた。

木戸を塞《ふさ》ぐようにした左衛門の後ろ姿が見えた。

左衛門は両手を広げ、黒い羽織を着込んだ武家たちの前に立って阻《はば》んでいた。

武士たちは殺気立っている。

侍たちの後ろには、手に手に杖《じょう》を持った捕手たちが詰め掛けている。

武士たちは、文史郎と大門の新たな登場に、緊張した面持ちになった。

「爺、いかがいたした」

「殿、この者たちが、裏店を捜索したい、と申しておるのです。ここに怪しい者が逃げ込んだだろうと」

左衛門はややほっとした顔でいった。

文史郎は左衛門の前に出た。

「おぬしたちは、何者だ？」

武士たちは文史郎を睨んだ。皆、全身から凄まじい剣気を放っている。邪魔する者は斬るという気迫だった。

「火付盗賊《ひつけとうぞく》改《あらた》めだ」

「ほう。町方ではなく火付盗賊改めが参ったと申すのか」

武士たちは不快な顔をした。

「貴公は何者だ？」

「殿、この場は爺が」

左衛門がずいっと文史郎の前に出た。

「なに、殿だと？」

武士たちは顔を見合わせた。左衛門は威厳をもっていった。

「こちらの御方は、前那須川藩主の若月丹波守清胤様でござる。いまは若隠居の身となられ、剣客相談人をなさっておられる」

「なんだ、藩主が落ちぶれて、こんな貧乏長屋に住み着いているというのか」

「まこと情けないのう。剣客相談人などと怪しげな稼業をやっておるとはな」

武士たちは互いに顔を見合わせ、文史郎たちを嘲笑《あざわら》った。

左衛門が血相を変えた。

「いまなんと申した？　殿が落ちぶれただと……情けないだと？　剣客相談人の何が悪い？　おぬしらと違って困った人を助けるのが相談人の役目だ。それを、たかが火付盗賊改めの分際で何を吐《ぬ》かす」

武士たちも顔色を変えた。

「な、なんだと。我ら火付盗賊改めを馬鹿にしおって」

「何をいう。おぬしらが殿を馬鹿にしおったのではないか」

文史郎が苦笑《にが》いしながら、左衛門を手で制した。

「爺、まあまあ抑えて。いいではないか。落ちぶれたといえば、その通りだからな」

「しかし、こやつら、いわせておけば、けしからん……」

「爺、もう、それ以上いうな。いまは天下の素浪人《すろうにん》だ。稼業の相談人も天下に何ら恥じることなき仕事だ」

「そうでござる。我ら剣客相談人は、火付盗賊改めや町方役人ができぬ人助けをしておりまするぞ」

大門は懐手《ふところで》をしたまままいった。

武士たちの中から、鋭い目付きの武士が一人ずいっと前に出た。

「剣客相談人とやら。おぬしら、剣客相談人を名乗る以上は相当腕に自信はあるのだろうな」

大門はにっと笑った。

「剣客はあくまで商売上の売り文句。いわば看板だ。本業は、よろず揉め事の相談に乗るという仕事だ。それ以上でも以下でもない」

「看板に偽りあり、ということはないか？」

「試してみるかい？」

大門は首を傾《かし》げた。

その武士は、いきなり大刀の柄《つか》に手をかけ、抜き打ちしようとした。大門の軀がすっと間合いを詰め、武士に密着した。

「おっと。御免よ」

大門は、同時にその武士の刀の柄頭《つかがしら》を親指で押さえた。武士は間合いが近すぎて、刀が抜けなくなった。慌てて後ろに下がろうとした。

大門も、笑いながらつつっと武士に付いて動き、親指で刀の柄頭を押さえたまま離さなかった。

「おのれ！」

武士は刀を抜くことができず、顔を真っ赤にして怒鳴った。

「皆、こ、こやつらを斬れ」

「し、しかし」

「しかしも何もない。火付盗賊改めに逆らう者は皆敵だ。斬れ。命令だ」

同僚の武士たちは一斉に刀に手をかけた。

文史郎は両手を広げて皆を制した。

「おぬしら、本当に我らを斬るつもりか？」

「問答無用。斬れ」

「どうしても、というならお相手いたす」

文史郎は大刀の柄に手をかけた。

左衛門も傍らで刀の鯉口《こいぐち》を切った。

大門はあいかわず、相手の刀の柄頭を親指で押さえながら、にやりと笑った。

「退《ど》け退け」「道を開けろ」

通りの方から声がかかった。捕手たちの背後から、数人の人影が慌ただしく現れた。

捕手たちが左右に割れ、道を開いた。

「北岡《きたおか》、いったい、何を揉めておるのだ？」

恰幅《かっぷく》がいい赤ら顔の武家が部下たちを引き連れて、現れた。

刀を押さえられていた武士は刀の柄を握ったまま、赤ら顔の武士を振り向いた。

「頭《かしら》、こやつら、家捜しを邪魔立てするのです」

「邪魔立てするだと？」

頭の武士は、じろりと文史郎や大門、左衛門を順番に見回した。

北岡と呼ばれた武士は、刀を抜くに抜けず、かといって引くに引けず、おろおろしている。

「こやつら、おそらく逃げた男たちの仲間です」

「おぬしは、その男と二人で何を遊んでおる？」

頭はじろりと北岡と大門の様子を見た。

「は、はい。それが……」

北岡と呼ばれた武士はもじもじした。大門に小声でいった。

「手を離せ」

「抜かぬか？」

「……抜かぬ」

「本当に抜かぬな」

「武士に二言《にごん》はない」

大門はにっと髯の間から歯を見せ、押さえていた指を柄頭から離した。

北岡は肩の力を抜き、刀の柄から手を離した。

大門は、それを見てから、ゆっくりと後ろに退った。

「北岡、こやつらは何者だ？」

「元藩主を名乗る浪人者で、剣客相談人と自称しております」

頭の武士は脇にいた部下の一人と顔を見合わせた。

「北岡、おまえ、剣客相談人を知らなかったのか。仕方のない男よのう」

頭の武士は、文史郎をじろりと見た。

「そうでござるか。おぬしらが噂の剣客相談人か」

左衛門が胸を張った。

「いかにも。おぬしが無礼千万な徒輩《とはい》の頭か」

頭の男は、北岡やその部下たちに顎《あご》で引けと合図をした。

「これは失礼した。剣客相談人殿、拙者、火盗 改《かとうあらため》与力頭矢部透馬《やべとうま》と申す。以後、

「お見知りおきを」

左衛門は鷹揚にうなずき、文史郎と大門甚兵衛の名を告げ、最後に己の名前を名乗った。

「剣客相談人がお住まいの裏店とは知らず、与力の北岡が失礼いたしたようで、これも火付盗賊改めのお役目ゆえ、どうか、ご無礼は、平《ひら》にご容赦願いたい」

矢部透馬は慇懃《いんぎん》に文史郎たちに詫びた。

「して、その御用の向きとは、何かな？」

「実は、幕閣がお招きした客人の一行を、どこで聞き付けたのか、雨をついて襲う不届き者たちがおりまして、火付盗賊改めとしても許せぬということで、犯人どもを捜索し、一味を捕縛せんと駆け付けたところなのでござる」

「ほほう。いったい、どなたの一行が襲われたのでござるか？」

「それは、公儀の秘密に関わることなので、ご容赦願いたい」

「なるほど。それで」

「一味の何人かは護衛の者たちが斬り捨てたものの、一味の頭《かしら》をはじめ、数人を捕り逃がしたのでござる」

「ふうむ」

「そのうち、手傷を負った若侍が、この界隈の裏店に逃げ込んだという話を聞き込んだ。手負いの若侍の跡を追おうにも、血が雨に流され、逃げた先が分からない。それで、こうして、町方といっしょになって、町家という町家、裏店という裏店を家捜しして回っておるというわけでござる」

「さようか。その手負いの若侍という者は、正体が分かったのかな？」

「まだ前髪を付けた美少年だというのだが、詳しいことは分かっておりませぬ」

与力頭の矢部透馬は、北岡に目をやった。

「で、北岡、おぬしが、この裏店の家捜しをしようとしたのは、理由があるのだな」

「はい。町方の岡っ引きが聞き込んだ話で、手傷を負った若者が一人、この表通りをうろついていて、この安兵衛《やすべえ》裏店に逃げ込んだというのです」

「それで、家捜ししようとしたのだな」

「はっ。その通りでござる」

北岡は我が意を得たりと、大きくうなずいた。

「ところが、このご老体が木戸をくぐるな、裏店に立ち入りさせぬ、と邪魔をしたのでござる」

与力頭の矢部透馬は目を細め、じろりと左衛門と文史郎、人門を眺め回した。

「相談人殿も、我ら火付盗賊改めの役目は、よく御存知でござろうな」

「いかにも、存じておる」

文史郎はうなずいた。

矢部透馬も満足気にうなずいた。

「ならば、話は早い。それがしたちの裏店への立ち入りをお許しいただけるでしょうな」

「それは、お断《ことわ》りいたす」

「なにい」

矢部透馬の顔色が変わった。

文史郎は落ち着いた態度でいった。

「この裏店は、それがしの隠居先だ。貧乏長屋とはいえ、ここはそれがしの居城であり、江戸屋敷のようなもの。たとえ、火付盗賊改めであろうとも、それがしの許可なくしてめったやたらに立ち入りはできぬ」

「そんな馬鹿な。ここが居城、江戸屋敷だと申されるのか?」

矢部透馬は北岡たちと顔を見合わせて笑った。

「いかな公儀といえども、他藩の居城や屋敷に立ち入るには、それ相応の理由を添えて、大目付の許しを得るのが筋であろう？」

「…………」

「どうしても、この裏店に立ち入りたくば、それがしの実兄《あに》である大目付松平義睦《まつだいらよしのぶ》の許可を得て来られるがよかろう」

「むむむ」

矢部透馬は歯軋《はぎし》りした。

「あるいは、御法度《ごはっと》を破り、力で押し入るもよし。その場合、我らは力で戦う。戦《いくさ》をする覚悟でかかって参れ。その結果、おぬしやおぬしの上司が、後日、いかな処分を受けるかも、よく考えてやることだな」

矢部透馬は目を白黒させて、赤ら顔をさらに赤くした。

「分かり申した。今日のところは、それがしたちは引き揚げる。だが、もし、おぬしらが手負いの犯人を匿《かくま》っていたと分かったら、それなりの責任を取っていただくがよろしいな」

「結構だ。いくらでも責任を取ろう」

文史郎はうなずいた。

「北岡、皆の者、引き揚げだ。引け」

矢部透馬は憤怒《ふんぬ》の顔で部下や捕手たちに命令した。

憤然として、踵《きびす》を返し、肩を怒らせて通りの方へ引き揚げて行く。そのあとから、ぞろぞろと部下や捕手たちが、ついて歩き出した。

左衛門が文史郎に小声で訊いた。

「殿、本当に大目付の許可なく、この裏店に立ち入りできぬのでござるか？」

「爺、そんな御法度などあるか。はったりだ。はったり。気にするな」

文史郎は笑った。

大門も大笑いした。

「さすが、殿、臨機応変《りんきおうへん》でござるな。機転が利きなさる」

「殿、雨が」

左衛門が天を仰いだ。折から、大粒の雨が降り出した。

裏店の屋根を雨が叩き、水煙を立てた。

文史郎たちは急いで長屋にとって返した。

三

幸庵がいっていたように、シンゴは高熱を出し、夜明けまでうなされていた。文史郎と左衛門、大門の三人は交替で、シンゴの看護をした。

冷たい水に手拭いを浸し、絞ってはシンゴの額に載せる。斬られた傷口の周辺は赤く腫れて、高熱を放っていた。

熱が出るのは、生きている証拠。軀が生きたいと、必死に死と闘っている徴《しるし》でもある。

明け方近くになって、ようやく軀の熱が引いて、譫言《うわごと》もいわなくなり、呼吸もだいぶ穏やかになった。意識こそまだ戻らず、こんこんと眠ったままだったが、素人目にも、シンゴの容体がヤマを越したのが分かった。

夜が明けて、文史郎たちが少しまどろんでいたら、お福とお米がそっと様子を見にやって来た。二人とも心配で朝までろくろく眠っていない、とこぼしはしたものの、シンゴがすやすやと眠る姿を見て、ほっと安堵した様子だった。

お福とお米は、文史郎たちがほとんど眠っていないのを知ると、あとは自分たちがシンゴの面倒を見るからと、文史郎たちを大門の部屋に追いやった。

大門の長屋は万年床を敷いたままで、だいぶ汚れていたが、文句はいえない。他人から見れば、文史郎と左衛門の長屋も、大門の長屋とほとんど変わらないであろう。

ともあれ、躯を横にすることができるだけでありがたかった。

雨は上がり、夜もすっかり明けたものの、眠りには勝てず、文史郎たちは、昼、お福たちに起こされるまで、ぐっすりと眠りこけた。

文史郎たちが目を覚まし、自分の長屋に戻ると、典医の幸庵が診察していたところだった。

幸庵はシンゴの手術した傷口を丁寧に消毒して、包帯を新しいものに変えた。

何の薬か分からないが、幸庵はシンゴの腕に注射をし、失われた血液を補給、増血するための水溶液を点滴《てんてき》した。

一段落したところで、文史郎は訊いた。

「どうだ？　幸庵」

「なんとか、ヤマは越した様子です。シンゴの容体はほぼ安定しました。これで一先《ひとま》ず安心。ですが、躯を無理に動かすと傷口が拡がり、また血が出るかもしれないので、しばらくは意識が戻っても、絶対安静を保ってくださいますように」

幸庵は、そういってまた助手といっしょに、帰って行った。

幸庵を送りに行った左衛門は、すぐに戻って来た。

「そうそう。殿、昨夜は、この騒ぎでお話しできなかったのですが、口入れ屋の権兵衛から、耳寄りな仕事の話が舞い込みました」

「ほう。どのような？」

「用心棒です。それも、だいぶ実入りがいい話らしい」

大門は肩をぐるぐると回した。

「用心棒ですか。退屈な時が多いが、このところ土方《どかた》仕事ばかりだったから、丁度《ちょうど》いいですな」

「誰を守る用心棒だというのだ？　まさか、やくざとか、悪徳高利貸しを守るとかいうのではあるまいな」

「それが権兵衛はいわないのです。今日、清藤《きよふじ》に御出《おい》でください、とのことでした」

「委細相談というわけだな」

「そうでございます」

「実入りが良ければ、拙者《せっしゃ》は何でもいいですがね」

大門が笑った。文史郎は頭を振った。

「大門、うまい話には裏がある、というではないか」

「用心用心ですな」

左衛門がにやりと笑った。

四

いったん、上がったように見えた雨が、また降りはじめていた。

文史郎たちは、シンゴの面倒をお米とお福に頼んで、口入れ屋の権兵衛の店清藤へと出掛けた。

清藤の店の内所《ないしょ》に座ると、いつもの丸顔の女中が愛想よく、いつもの粗茶の番茶ではなく、取って置きの宇治《うじ》の玉露《ぎょくろ》を運んで来た。

「それが、お殿様、もし、用心棒をお引き受けいただけると、一人頭、百両は頂戴できるといういいお話でしてな。いかがでしょうな？」

口入れ屋の権兵衛は揉み手をしながら、文史郎を上目遣いに見つめた。

文史郎は、出されたお茶を口に含んだ。舌にまろやかな茶の苦みが広がる。上等な宇治の玉露だ。

左衛門が茶を啜《すす》りながら尋ねた。

「権兵衛殿、いったい、どなたをお守りするというのですかな」

権兵衛は困った顔になった。

「それが、相談人様が依頼を引き受けてくれなければ、誰をお守りするのか、お教えできない、と依頼人はおっしゃっておられるのです」

「あくまで、引き受けたら、というのだな」

大門は茶を飲み干し、茶碗を盆に戻した。

「はい。依頼人は、ぜひ、剣客相談人に仕事をお願いしたい、と申されています」

「我らを指名して参ったと申すのか？」

「はい。ほかの人は信用できないので、依頼するつもりはない、ともおっしゃっていました」

「ほう。そこまでいうか」

「ぜひに、護衛をお願いしたいと申されています」

大門はにやりと笑った。

「権兵衛、依頼人の名くらいはいいだろう？　いったい、誰なのだ？」

権兵衛は観念したように口を開いた。

「依頼人は、三井西家《みついにし》の越後屋《えちごや》さんです」

大門は文史郎と顔を見合わせた。

三井家は十二家に分かれている。そのうち、男系の本家が七家、女系連家が五家だ。

三井西家は七本家の一家だが、とりわけ幕府との縁が深く、幕府の資金を用立てている政商だ。

西家越後屋は、その見返りに幕府公認で、イギリスやフランス、オランダなどと交易を行ない、巨額の利を得ているという噂だった。

「越後屋は、いったい誰を守ろうとしておるのかな?」

文史郎は訝《いぶか》った。大門も首を傾げた。

「誰かに脅されているのなら、幕府の役人に護衛を頼めばいいではないですかねえ」

「ううむ。そうできない事情があるのだろう。そうでなければ、我らを名指しで依頼して来るはずがない」

左衛門が首を振りながらいった。

「殿、いかがでございましょう。越後屋の仕事なら、お金も潤沢《じゅんたく》でしょうし、取りっぱぐれもない。このところ、権兵衛殿の店には、あまりいい仕事が来ていないので、我らの生活資金もほぼ枯渇《こかつ》の状態でござる。越後屋の仕事なら、正義に悖《もと》ることはありますまい。この際、我らの生活のためにも、用心棒の仕事をお引き受けなさっては」

大門も頭を掻きながらいった。

「拙者も賛成ですな。もし、引き受けたとしても、悪事に手を染めるようなことがあれば、きっぱりと越後屋に断ればいい。このところ、権兵衛の許《もと》に来る仕事といったら、土方仕事ばかりでしてな。こんな雨降りの日が何日も続けば、仕事がなく、飯の食い上げになりますんで。もし、できれば、用心棒を引き受け、口を糊《のり》したいものでして」

店の前の大通りからは雨音がきこえる。

今日も朝から本降りが続いていた。

「ふうむ」

文史郎は腕組をした。

確かに、雨続きだったこともあり、働きにも出ないので、ろくな物を食していない。

毎日、たくわんと梅干しで、薄い味噌汁に麦飯や雑穀混じりの飯を食べている。

大門も左衛門も、さすが口には出さないものの、少しはましな食事がしたいと思っているに違いない。

清貧は人間を創る。

人は食うために生きるにあらず。

とはいえ、人は貧《ひん》すれば鈍《どん》するともいえる。

武士はたとえ鈍しても気位は高くいたい。

武士は食わねど高楊子《たかようじ》。

しかし、だ。人が気位を高く保つには、やはり、少々金があった方がいい。

気位を失った大門や左衛門は見たくはない。

おのれ自身とて同じだ。

「分かった。権兵衛、その用心棒の依頼、引き受けようではないか」

「左様にございますか。ありがとうございます。すぐに越後屋さんにお知らせしましょう」

「で、権兵衛、いったい、誰を守るというのだ？」

「それは、あいにく私も知らないのです。すべては、越後屋さんが直接に皆さんにお目にかかり、仕事を依頼なさりたい、と申されているのです」

実際、権兵衛は越後屋から、何もきかされていないに違いない、と文史郎は思うのだった。

「では、明日、越後屋さんのところに参るように打ち合わせておきましょう。善は急げでございます。先方もできる限り早くに、皆さんにお目にかかりたい、と申されていましたから」

権兵衛は揉み手をしながら笑った。

五

日本橋は雨に煙っていた。

橋だけでなく、大川を行き交う舟も、川端柳や軒を連ねる白壁の蔵も、みな雨に隠れている。

「あらよっ」

威勢のいい若衆は、番傘もささず、浴衣を尻端折りし、裸足《はだし》で雨の中を駆けて行く。

「どいた、どいた、どいた！」

雨の日は、武家の姫君や御殿女中も、町家の女将《おかみ》も商家のお嬢様も外に出るのを控えている。

いつもなら買物客で大賑わいの日本橋界隈は、人影はなく閑散としていた。

文史郎は左衛門と大門を従え、権兵衛の案内で、室町《むろまち》の外れにある三井越後屋本店の大店《おおだな》に乗り込んだ。

店先に出て迎えた番頭は、権兵衛から大番頭の名をきくと、すぐさま内所に座った大番頭に連絡した。

「いらっしゃいませ」

大番頭は文史郎たちに頭を下げながら、式台に正座した。権兵衛が近寄り、大番頭と、二三言葉を交わした。権兵衛が小声で主人の名を告げるのがきこえた。

「分かりました。少々、お待ちください」

大番頭は、手代に旦那様にお知らせしなさいと指示した。

「では、こちらへ御出でください」

大番頭は文史郎たちの先に立ち、奥へと案内した。

通されたのは、雨に霞む大きな池や葉が生い茂る築山《つきやま》や滝の庭が見える客間だった。

十五畳ほどはある広間で、驚いたことに、赤く分厚い絨毯《じゅうたん》が敷かれ、洋風な大円卓や背凭《せもた》れのついた椅子が何脚も置かれていた。

「お腰のものをお預かりいたします」

大番頭は文史郎にいった。

「うむ」

文史郎は腰の大小を鞘ごと抜き、大番頭に渡した。

大番頭は恭《うやうや》しく刀を受け取り、床の間の刀掛けに架けた。

左衛門も大門も腰の刀を取り出して、いっしょに付いてきた小番頭に手渡した。

「こちらにおかけくださいませ」

大番頭は、床の間を背にした上座の椅子に文史郎を案内した。左衛門と大門が文史郎の左右の椅子に腰を下ろした。

権兵衛ははじめは椅子に座るのを遠慮していたが、左衛門に強く促され、とりあえず左衛門の隣の椅子に座った。

大番頭は床の絨毯の上に正座し、文史郎に深々と頭を下げた。

「ご挨拶が遅れました。私は当家越後屋の大番頭を務めさせていただいております籐《とう》吉《きち》と申す者にございます。ようこそ、御出でいただきました」

大番頭は顔を上げ、傍らの小番頭に何ごとかを囁いた。

小番頭は「へい」と小声で答えると、文史郎たちに頭を下げ、静かに広間を出て行った。

「すぐに、主人がご挨拶に参ります。いましばしお待ちを」

大番頭の籐吉はいった。

廊下の方に人の気配がした。やがて、小番頭を従えた初老の男が姿を現した。大番頭の籐吉が立ち上がった。権兵衛も立って頭を下げた。

店主はやや小柄だが、穏やかな面持ちで大人の風格がある。

主人は床に正座し、両手をついて、文史郎を見上げた。

「これは、これは、相談人様の皆さま、わざわざお店までお越しいただきまして、たいへん申し訳ございません。私が越後屋の主、徳衛門《とくえもん》にございます。お初にお目にかかりますが、よろしうお願いいたします」

徳衛門は深々と頭を下げた。文史郎は鷹揚《おうよう》にうなずいた。左衛門が椅子から下りて、床に正座していった。

「徳衛門殿、どうぞ、お手を上げてくだされ。これでは、殿も話がしにくい。いっしょに席を同じうしてお話しいたしましょう」

「分かりました。では、お言葉に甘えまして」

徳衛門は立ち上がり、文史郎の向かい側の椅子に腰をかけた。

「さ、権兵衛殿も。話がしやすいように」

「ご紹介します。こちらが剣客相談人、若月丹波守清胤改め大館文史郎様にございます。……」

権兵衛が文史郎、左衛門、大門を一人ずつ徳衛門に紹介した。

徳衛門はいちいち頭を下げながら、口を開いた。

「本来でございますれば、私が相談人様のお屋敷に、お願いに上がらねばならぬところを、ほんとうに申し訳ございません」

「いやいや、いまの住まいは屋敷と申すよりも隠居長屋のようなものでしてな。徳衛門殿に御出でいただくような住まいではござらぬので、お気になさらぬよう」

左衛門が苦笑いしながらいった。

「正直にただの貧乏長屋と申せばいいのにのう」

文史郎は小声でいい、大門と顔を見合わせた。

「相談人様、何か？」

徳衛門が文史郎に訊いた。

文史郎は笑いながらいった。

「いや、独り言《ひとりごと》だ。気にいたすな。それよりも、徳衛門、本題に入ろう。誰の用心棒をしてほしい、と申されるのかな？」

「お引き受けいただけますのでしょうね」

「守るべき相手による。悪徳に塗《まみ》れた者を守るのは、それがしたちの信義に反するのでな」

徳衛門は顔をしかめた。

「正直申し上げまして、守る相手が清廉潔白《せいれんけっぱく》な正義の人か、あるいは正義に反する人物かについては、私が申し上げることはできません。私には判じかねますので」

「ふむ。それで」

「しかし、確かなことは、その御方を狙う輩から、お守りすることは、幕府のため、いや、これからの我が国のためになると申し上げておきます」

おもしろい、と文史郎は思った。

「徳衛門、おぬしは守る相手が悪人か否かは、問題ではないと申すのか？」

「さようで」

徳衛門は文史郎を正面から見つめた。

「相談人様、こうお考えください。仮に、ある藩があるとして、その藩主が悪政を行なう君主だったとします。では、その君主が悪い人物だからとて、刺客《しかく》に襲われても、ご家来衆はお守りせずに傍観していてもいいのですか？」

「……。それはいかんな」

「そういうことなのです。しかも、今回のお願いは、これからの我が国の運命を左右するや否《いなや》がかかった事柄でもあるのです」

徳衛門はじろりと文史郎を睨んだ。

「ほほう。そんな大事なのか？」

「さようにございます」

左衛門が焦《じ》れたようにいった。

「徳衛門殿、いったい、誰を守れと申されるのか？　それをいってもらおうではないか」

「分かりました。申し上げましょう。異国の公使です」

左衛門は声を落とした。

「なんだって？　我らに毛唐《けとう》を守れと申すのか？」

「さようで」

徳衛門は平然といった。

「毛唐はだめだ。殿、この話はなし、ということにしましょう」

「爺、おぬし、これまで、一度でも毛唐に会ったことがないではないか？」

文史郎は苦笑いした。

徳衛門は何もいわず、笑みを浮かべて、左衛門を見つめていた。

左衛門は苦々《にがにが》しくいった。

「それがし、浮世絵で見ただけでござるが、猿のように全身毛むくじゃらで、見るからに野蛮な連中でござった。そんな連中を守るなんて考えただけで鳥肌が立ちます。そんな毛唐を守るなんて、いくら金を頂いても、御免こうむります。のう、大門殿」

左衛門は大門に同意を求めた。

大門が笑いながら頭を振った。

「左衛門殿、彼らも我らと同じ人ですぞ。獣《けもの》なんぞではない」

「な、なんですと？　大門殿は平気なのでござるか？」

「左衛門殿、それがしは何度か長崎《ながさき》に参った折に、異人さんを見かけたことがあるが、着るものはへんてこではあったが、野蛮人には見えなんだ」

「へええ、驚いた。では、大門殿は、あんな野蛮な連中の用心棒になってもいい、といわれるのか？」

文史郎は首を傾げた。

「爺は、異人たちが野蛮だというが、典医の幸庵をどう思うのだ？　幸庵は長崎でシーボルトという異人から西洋の医学を学んだのだぞ。医学だけでなく、我々が知らなかった西洋の科学や技術を編み出したのも、異人たちだった。その異人たちが野蛮だというのかね」

「…………」

左衛門は黙った。

大門が諭《さと》すようにいった。

「そうだよ、爺さん、一度も異人さんに会わずに、怪しげな浮世絵だけで、異人さんたちを、我々よりも下等な蛮人扱いし、毛唐呼ばわりするのはいかんのじゃないか？」

徳衛門はにこにこして見ていた。

「よほど、浮世絵の異人さんが醜悪に見えたのでしょうな。いいものをお見せしましょう。番頭さん、あれを持って来て」

「へい、旦那様」

部屋の隅にいた大番頭の籐吉が立ち上がり、部屋の書棚から、大きな桐箱を抱え下ろし、徳衛門の前に運んだ。

徳衛門は、桐の箱を開き、中から紫色の絹布の包みを取り出して卓の上に直いた。絹布の包みを開いた。

黒白の像が描かれたガラス板が現れた。一目見て、着飾った女性と分かる。

「これは、左衛門様が、毛唐と蔑称なさる異人さんの女の生き写しです」

徳衛門は、その生き写しを左衛門の前に差し出した。左衛門はガラス板の絵柄に見入った。

「……生き写しと申されるか？」

「さようでございます。鏡板に特殊な薬を塗り、人物や風景を生き写しする西洋の技法でござって、真《まこと》を写し撮《と》るということで、写真と呼ばれております」

「ほほう。これは美しい御婦人だ。毛唐にも、いや異人さんにも、美しい顔立ちの女子がおられますな。これは驚いた」

左衛門は目を丸くして、ガラス板の女性に見入った。

文史郎も大門も写真の女性に見入った。

金髪の頭に洒落《しゃれ》た丸い帽子を斜に被《かぶ》り、頬に陶然とした笑みを浮かべている。目鼻立ちが整った顔の女性だ。

「この方は？」

「さる公使の奥様でござる。そして、こちらが……」

徳衛門は、絹布の包みから、もう一枚のガラス板を取り出し、文史郎の前に置いた。

七、八人の人物が写っていた。
「こちらが、公使として日本に御出でになっておられる異人さんたちです」

左衛門はガラス板を覗き込んだ。

「ほほう。これが生き写しであるとしたら、わしらとあまり変わりありませんな」

「そうであろう?」

「髯でいえば、それがしの方が強々《こわごわ》して、鍾馗《しょうき》さまのようですからな。遜色《そんしょく》なしだ」

大門が顎髯や頬髯を撫でた。

文史郎は訊いた。

「徳衛門、この方々をお守りするというのかね?」

「時と場合によるのです。常時、その方々をお守りするわけではなく、必要な折に、護衛をお願いしたいそうなのです」

「たとえば、どのようなときに彼らを護衛するというのか?」

「公使の方々が府内に御出でになられ、幕府の要路や私ども商人と会合される折など、公使たちや日本人通詞《つうじ》などの護衛をお願いしたいのです」

文史郎は大門と顔を見合わせた。

「このところ、公使や通詞が襲われる事件があいついでおります。去年秋には、フランス副領事の従僕が暴漢に襲われ、斬り殺されました。今年に入って、日本人通詞がイギリス公使館の門前で、二人組の侍に殺されました。ついでフランス公使館が放火されました。このところ、油断のならぬ状態が続いております」

文史郎は訝った。

「襲ってくるのは、攘夷《じょうい》派の刺客たちではないか？」

「はい。そうなのです。攘夷派の過激な輩《やから》たちです。彼らから公使たちを守っていただきたいのです」

文史郎は唸《うな》った。

「待て。徳衛門、そのような大事な警護の仕事は、我らのような浪人者がやるのではなく、本来は幕府が責任をもち、外国奉行の配下が行なうべきことではないのか？」

「さようにございます。ですが、幕府の中にも、左衛門様のように、異人嫌いがたくさんおりまして、いくらお奉行様が命じても、異人さんの護衛だけはお役目御免という人たちが多いのです」

「ううむ」

「それに攘夷派の刺客は、たいていが腕が立つ。なかには人斬りなんとか、という異《い》名《みょう》を取るほどの殺し屋もいます。そうした刺客を相手にするのですから、よほど腕に自信がないと、護衛することはできないでしょう」

「それにしても、そもそも、公使の警護は我らが行なうことではないと思うが」

　徳衛門はうなずいた。

「ですから、警護の役が正式に決まるまで、剣客相談人様たちに、お願いできないか、と思いまして、こうして相談しているのです」

「しかし、それならば幕閣か担当の外国奉行が、我らに申し入れるのが筋であって、おぬしのような商人が出る幕はないと思うが」

「はい。さようにございます。私どもも外国奉行様にそう申し上げました。しかし、幕府にも面子《メンツ》があります。そこで、幕府のさる筋から、私どもに相談人様にお願いしてくれぬか、と打診があったのでございます」

「つまり、幕府の役人が我らに依頼して断られては面子が立たぬというので、越後屋を通しているということなのだな」

「さようにございます」

「その幕府の役人と申すのは、いったい誰だというのか？」

　徳衛門は大番頭に向いた。

「実は、本日、そのお役目の方に、来ていただいております。大番頭さん、御呼びしてくれませんか」

「はい。旦那様」

籐吉はのっそりと立ち上がった。籐吉は文史郎たちに一礼すると、静かに襖《ふすま》を引き開け、廊下に出て行った。

文史郎はじろりと徳衛門を睨んだ。

「徳衛門、幕府の役人に頼まれたというが、ほんとうは、おぬしが我ら相談人のことを役人に入れ知恵したのではないか」

「正直に申せ」

左衛門も徳衛門に流し目をした。

徳衛門は笑いながら頭を振った。

「……さすが、相談人様、お見通しでしたか。その通りにございます。こうなれば、私も正直に申し上げます。私ども越後屋は、幕府公認で異国貿易をさせていただいております。公使の方々は、いわば、そのお得意様にございます。その方々が攘夷派の刺客に狙われるとなっては、放ってはおけません。公使たちの安全をお守りしてこそ、私どもは安心して交易ができるというものだからです」

廊下に足音が響いた。やがて、部屋の前に来ると、襖がするすると開いた。

一人の侍が部屋に大股で入って来た。

羽織袴姿の目付きが鋭い、いかにも腕が立ちそうな気配の青年剣士だった。年齢は二十代。顎のえらが張った四角い顔をしており、濃い太い眉をしている。口許は引き締まり、目が細い。体付きは中肉中背。小袖の下には、筋肉質の軀が隠れていた。

青年剣士は機敏な態度で、文史郎たちに一礼した。

「相談人殿、拙者、外国御用出役《がいこくごようでやく》頭取の武島陣三郎《たけしまじんざぶろう》と申す者にござる。お見知りおきくだされ」

「ま、お座りください」

左衛門は、空いている椅子に武島を促した。

「失礼いたします」

青年剣士は刀を番頭に渡し、椅子に腰をかけた。

文史郎が訊いた。

「外国御用出役？　どのような出役なのだ？」

「はい。このたび、老中安藤信勝《あんどうのぶかつ》様、及び外国奉行田島峰太《たじまとうた》様より、公使らの警護役として、御用出役の頭取を仰せつかった者にござる。しかし、夷狄《いてき》をお守りするというので、反発する者が多く、命ぜられても出役を断る者が多く、人が集まらぬので困っていたところでござった」

「夷狄か。爺の方がまだましかな」

文史郎は笑った。左衛門は苦笑いしている。

「で、どのように人集めをしておるのだ？」

「ただ人を集めるわけにはいきません。やはり、人斬りたちに太刀打ちできるような剣技の持ち主であること、刺客に対して恐れない気迫の持ち主であること」

「それはそうだ」

「幕臣であること。跡取りの長男でなく、役なしの次男三男坊が望ましい。それらの条件を満たす侍を集めねばなりません」

「それで、募集したのか？」

「はい。それがしは、講武所《こうぶしよ》出でござるので、仲間や知人に呼びかけたのですが、夷狄を守るのは嫌だと申す者が多く、なかには、水戸《みと》などの攘夷派に共感を抱いていたり、攘夷派に通じている者などもいて、とても異人を守るどころではないのが実情でござる」

「いま、何人ほど集めたのだ？」

「まだ十数人ほどしかおりませぬ」

「外国奉行は、何人ほど集めよと申しておるのだ？」

「三百人はほしい、と」

「三百人か。それはたいへんだ。で、どうやるつもりだ？」

「講武所に通う若侍の中から、幕府に忠誠を誓う思想堅固、剣や槍、馬術に長《た》ける者を選抜して、外国御用出役にしようとしています」

　文史郎は左衛門と顔を見合わせた。

「時間がかかりそうだな」

「そうなのです。そこで外国奉行の田島様は、その集める間だけでも相談人殿たちに護衛をお願いできないか、と申されているのです」

　武島陣三郎は卓に両手を付いた。

「相談人殿、しばしの間でござる。それがしたちをお助け願えぬでしょうか？」

「私からも、よろしうお願いいたします」

　徳衛門もいっしょに深々と頭を下げた。

　文史郎は腕組をし、目を瞑った。

六

文史郎たちが長屋に戻ったころには、雨はすっかり上がっていた。

西の空には、雲の切れ間も見え、明るい陽射しの帯が差し込んでいる。

通りを歩きながら、左衛門がいった。

「殿、あのシンゴ、気が付きましたですかな?」

「どうかのう。気付けばいいが」

「一晩保《も》ちこたえ、ヤマを越しただけでも、よしと思うべきかもしれませんぞ」

傍らから大門がいった。

安兵衛裏店に通じる路地に折れようとしたとき、いきなり、木戸付近にいた人影二人が文史郎たちに気付き、顔を背けると、急いで傍らを抜けて逃げようとした。

「待て。おぬしら、待て」

左衛門が怒鳴った。大門が番傘で行く手を阻んだ。

「逃げろ!」

一人が叫び、大門に体当たりした。その間に、もう一人が左衛門の手を振り切って、文史郎たちの脇を擦り抜けて逃げ去った。

大門はむんずと体当たりした男を摑んでいた。

「放せ、放せ」

襟首を摑まれた男は手足をばたつかせた。

若侍だった。必死に刀を抜こうとするが、大門が笑いながら、空《あ》いた方の手で柄を押さえて抜かせなかった。

「おぬし、何者だ?」

左衛門が訊いた。若侍は真っ赤な顔でもがいている。

「おい、髯の浪人、そやつを放せ。放さねば、斬るぞ」

背後から声がした。文史郎は振り向いた。

さっき逃げた若侍が戻り、刀を抜いて、構えていた。

ただならぬ騒ぎに、裏店の住民たちがぞろぞろ木戸に集まり出した。

「おーい、喧嘩だ喧嘩だ」

「サムライの斬り合いだあ」

通りの方にも往来していた通行人たちが野次馬になって集まり出している。

「分かった分かった。放すから騒ぐな」

大門は若侍を地上に下ろした。すぐに逃げようとするのを、抱き竦《すく》めて止めた。

「放せ、気持ち悪い、放せ」

左衛門が笑いながら訊いた。

「おぬしら、何をしていた？」

「何もしとらん」

「ええい、放さぬか」

刀を構えた若侍が突進して来た。

「待て」

文史郎は咄嗟《とっさ》に若侍の前に大手を広げて立ち塞がった。

刀を構えた若侍は、一瞬ひるみ、文史郎に斬りかかるのを躊躇した。すかさず文史郎が若侍の懐ろに飛び込み、間合いを無くした。刀を持つ腕を押さえた。

「う、何をする」

若侍は刀を持った腕を押さえられ、進退どちらもできなくなった。

「おとなしくしろ。こんなところで斬り合いをしては皆の傍《はた》迷惑だ。他人《ひと》の迷惑を考えろ」

「…………」

若侍は黙り、抵抗をやめた。

「そうだ。それでいい。話し合おう。いいな」

文史郎は若侍を摑む手を放した。大門に向き、目で放せと合図した。

二人とも、シンゴと同じような年齢に見えた。ただ、二人の髪には前髪がなく、元服したばかりらしい。

大門も笑いながらいった。

「それ、放すぞ。何もせんから、話をきかせろ」

大門は抱いていた若侍の手を解いた。

若侍はほっとした顔で大門の髯があたった首筋あたりを汚《けが》らわしいものを払うように、何度も手で払った。

左衛門が穏やかな顔で二人に尋ねた。

「おぬしら、もしかしてシンゴの仲間か？」

二人は顔を見合わせた。

「……信吾《しんご》は斬られたときいた。死んだのか？」

若侍の一人が左衛門に訊いた。

「次郎太《じろうた》、よせ。余計なことを訊くな」

「だが、心配ではないか」

次郎太と呼ばれた若侍は、もう一人の若侍に反論した。

「こいつら、信用できん。敵かもしれん」

左衛門は文史郎を見た。

「殿、いかがいたします？」

「爺、無理矢理引き止める必要はあるまい。シンゴの仲間だったら、当然、心配して騒ぐだろう」

文史郎は二人を眺めながらいった。

「おぬしら、シンゴの仲間なら、心配するでない。斬られて重傷を負っているが、なんとか生き延びた。医者が大丈夫だといった。ただし、いまは絶対安静にしろ、と申しておる」

「そうですか。よかった」

次郎太と呼ばれた若侍はほっとした顔で、もう一人に向いた。

「だから、いったろう？　長屋の人たちが、いや、この方々が信吾を助けてくれたんだって」

「おれは……信用できん」

もう一人の若侍は、不審の目で文史郎を睨んでいた。

「おぬし、名前は？　シンゴが気付いたら、おぬしたちが心配して見に来たといってやろう」

「いま、気を失っているのですか？」

「うむ。危篤《きとく》になってから、ずっと意識が回復していない」

もう一人の若侍がつっけんどんにいった。

「でも、信吾という名を御存知だ。なぜでござる？」

「名だけはきけたが、その後に意識を失ったのだ。そうか、信吾と申すのか」

「それ以外は？」

「きいていない」

「俺なら、腹かっ切って自害しているところだ」

もう一人は吐き捨てた。

文史郎はうなずいた。

「事情は分からぬが、死に急ぐことはない。おぬしら、まだ若いのだから」

「説教はきかぬ」

大門が両手を広げ、まあまあ、という仕草をした。

「分かった分かった。信吾が気付いたとき、おぬしらのこと、なんといえばいい?」

次郎太と呼ばれた若侍がちょっと考えた。

「心配するな、と。頭《かしら》には、拙者たちがちゃんと説明しておく、と。信吾は逃げたわけではない、と伝えておく、といってください」

「次郎太、こやつらを信用するなといったろう」

「だけど、ケンゾウ」

「馬鹿。俺の名は呼ぶな」

「すまん。つい」

「いいか。ほんとうに信吾が無事でいるかどうか、自分たちの目で確かめてもいないのだぞ。こやつらだけの話を信じるな」

ケンゾウと呼ばれた若侍は苦々《にがにが》しくいった。

「なにをあんたらいってんの」

木戸からお福が叫んだ。

「あんたらの仲間の信吾を助けてもらって、礼の一ついえないのかい。最近の若い者は、これだから、困るんだよ」

次郎太とケンゾウは、お福を振り向いた。

「信吾、無事なんですね」

「そうよ。信吾は気を失っているけど、きっといまに気を取り戻す。お殿様たちのいっていることはほんとうよ。まったく分かってないねえ」

次郎太が文史郎と左衛門、大門に向いて、頭を下げた。

「信吾をお助けいただき、ありがとうございました。拙者、親族にも、さっそく伝えます。ほんとうにありがとうございました」

「ふん」

ケンゾウは不貞腐《ふてくさ》れたままお福や長屋の住民たちを睨み回した。

「何があったのかは分からぬが、安心せい。信吾はしばらく養生させる」

「お願いがあります。役人には引き渡さないでください」

次郎太は必死の形相だった。

「なぜだね？」

「わけは……」

次郎太はケンゾウに目をやった。ケンゾウは険しい目で、いうな、という仕草をしていた。

「いまは……いえません。御免なさい」

文史郎はうなずいた。

「分かった。心配するな。わしらが信吾は預かっておく。役人には引き渡さない」

「ありがとうございます」

次郎太は文史郎に何度も頭を下げた。

「おい、次郎太。行くぞ」

ケンゾウは文史郎や大門、左衛門を油断なく睨みながら、後退した。

次郎太は何度も頭を下げながら、ケンゾウといっしょに路地から出て行った。

「あの二人、どこの藩の若侍ですかね」

左衛門が首を傾げた。大門が髯を撫でた。

「それがしの髯、そんなに汚らわしいものですかのう」

「ああ。あの年頃の若者なら、もう立派なおとなだ。子供のように頬摺《ほおず》りされたら、気持ち悪いだろう。まして、見知らぬ大門に抱き竦められてはな」

文史郎は、左衛門、大門に続いて、木戸を潜《くぐ》った。

「お殿様、お帰りなさい」

留守の間、若侍の面倒を見ていたお福が文史郎を見て、安堵の顔になった。

「面倒をかけておるな。申し訳ない」

文史郎が謝ると、お福は頭を左右に振った。

「いいってことですよ。あの子を見ていると、我が子のように思ってしまって」

お福はそそくさと文史郎たちの長屋に行き、油障子戸を開いた。

中では、お米が台所でご飯を炊いていた。

「お帰りなさい」

お米もうれしそうな声を上げた。

左衛門が懐から財布を取り出した。

「お福さん、お米さん、今日は仕事の前金が入った。これで、わしらが居ないときは、よろしう頼む」

左衛門はお福とお米に一両ずつを手渡した。

「こ、こんなに大金を」

「どうしよう」

お福とお米は困惑した顔だったが、すぐにうれしそうに金子《きんす》を押し戴くようにして受け取った。

「分かっているって。大工仕事も鳶の仕事も、雨降り続きでは仕事にならないって。一カ月も梅雨が続いたんだ。少しでも生活の足しになればいい」

左衛門は笑った。大門も文史郎も大きくうなずいた。

「ところで、留守中、ほかに変わったことはなかったかね」

文史郎がお福とお米に尋ねた。

お福がいった。

「……それが、岡っ引きがしつこく、小路を歩き回り、長屋に逃げ込んだ若侍を匿っていないか、って聞き回っていました」

「みんな、心得ていて、そんなのいないよ、って追い返し、塩撒いておきましたがね」

お米もうなずいた。それから、お米は思い出したようにいった。

「そうそう。それから、もう一人怪しいサムライがふらりと裏店に入って来て、うろうろしていたんですよ」

「どんなふうに怪しいサムライだった？」

「頭は月代《さかやき》がなく、総髪を後ろに束ねて垂らしただけ。黒い着流しで、人相が悪い。ちらりと見ただけだけど、ぞっとするような冷たい目をした浪人者でしたね。瘦せて、頰がこけていて。思い出すだけでも気持ち悪い」

「その浪人者も聞き回っていたのかい？」

「いえ。ただふらりと入って来て、じろりと見て回り、出て行った」

「殿の長屋は？」

「目もくれず、通り過ぎて行った。でも、きっと信吾を探しに来たのに違いないよ」

「どうしてかな？」

「ほかに、入って来る理由がないじゃない。ねえ、お福さん」

　お米はぶるぶるっと身震いした。

「殿、いかが思いますか？」

　左衛門が小声で訊いた。

　文史郎はうなずいた。

「うむ。弥生に尋ねて、ゆっくりと静かに養生できるところを探さねばならぬかもしれぬな」

「そうですな。でないと、また、いつ何時、長屋の人たちに迷惑をかけるか分からない」

「それに、我らが用心棒に呼ばれたら、この長屋は無防備になります。なんとか、考えないと」

　左衛門も腕組をし考え込んだ。

第二話　外国御用出役

一

大瀧道場は、門弟たちの竹刀を激しく打ち合う音、床を踏み鳴らす音や気合いに満ち満ちていた。

大瀧派一刀流道場。

いつものように、女道場主の弥生は、師範代の武田広之進《たけだひろのしん》とともに、若い門弟たちに稽古をつけていた。

文史郎は道場に足を踏み入れると、見所《けんぞ》の上にある神棚に腰を折って一礼した。

門弟の打ち込みを竹刀で受けていた弥生は、文史郎の姿を見ると、こぼれるような笑みを浮かべた。

文史郎は弥生に目礼し、見所に上って正座した。

弥生は、在所の那須《なす》に居る文史郎の娘と同じ名前だ。実の娘の弥生は、まだ四歳。妻の如月《きさらぎ》との間に生まれた子だ。

弥生は、父親大瀧左近《さこん》が亡くなった後、娘だてらに道場を継《つ》いだ。まだうら若き娘ではあるが、父親譲りの剣の達人で、大瀧派一刀流免許皆伝の腕前だ。

文史郎でも立ち合えば、三本に一本は取られる。調子が悪いときは、二本も打ち込まれかねない。

弥生の門弟の打ち込みを捌《さば》く様は、堂に入っている。軀の芯《しん》は少しも揺るがず、相手の打ち込みを竹刀で受け流し、隙を見て身を躍《おど》らせ、確実に相手に竹刀を送る。

そのたびに、背中に流した黒髪の束がうねるように躍る姿が美しい。

文史郎は弥生の稽古をつける様子を眺めながら、ぼんやりと信吾という少年のことを考えていた。

己が、信吾と同じ年頃には、何を考えていただろうか？

信州《しんしゅう》の在所にいて、いつも鬱屈《うっくつ》していたように思う。毎日が退屈《たいくつ》で堪《たま》らなかった。

その退屈から逃れるために、剣術に打ち込み、心身ともにくたくたになるまで稽古に明け暮れた。

あのころ、なぜ、あのように夢中に剣に没頭したというのか？

逃避《とうひ》？　たぶんそうだ。

しかし、いったい何から逃げようとしていたというのか？

信州松平《まつだいら》家の三男坊だったので、三食昼寝付きの部屋住みだった。

将来、何になるのかも分からない。つまりは、扶持《ふち》減らしの居候《いそうろう》、役立たず、という目で見られていた。

どこにも居場所がない、心細さ。居心地の悪さ。

若いときには誰でもある憂鬱だ、とあとで分かったが、当時、悶々として七転八倒し、身を持て余していた。

己のようなつまらぬ人間にも何か出来ることがあるのではないのか？　人のため、世のために。何か出来ることがある？

そして、城下町で見初《みそ》めた美しい娘への思い。毎日、道場の往き帰りに、わざわざ遠回りして娘のいる商家の前を通る。一目でも見たい、逢いたい。そんな心のうちに荒れ狂う疾風怒濤を、どう治めたらいいというのか。

懐かしく思い出される。

いまの信吾は、そんな年ごろだが……。

「文史郎様、何を物思いに耽《ふけ》っておられるのです？」

目の前に弥生の微笑《ほほえ》みがあった。弥生が顔を近付けて、覗き込んでいる。

芳《かぐわ》しい髪の香りと、むっとする汗の甘酸っぱい匂いが鼻孔をくすぐった。若い女体が発する匂いだ。

文史郎は、はっと身を引いた。

「まあ、そんなに驚くことないでしょ。いじわる」

弥生は白い歯を見せて笑いながら、額に貼り付いた髪を直した。手拭いで顔や首周りの汗を拭う。

「稽古は？」

「師範代に代わっていただきました」

稽古は弥生に替わって師範代の武田広之進が相手をしている。

「いいのか？」

「文史郎様が、わざわざ道場にお見えになられたのは、みどもに相談があるからでしょ？　大門様からおききしました」

「大門から？」

「はい。大門様は、今朝早朝稽古に姿を見せられ、子供たちに稽古をつけてくださっすって？」

たのです。そのとき、今度の仕事について話してくださいました。異人さんの護衛で

「大門のやつ……」

文史郎は溜め息をついた。

弥生には話すな、と大門に釘を刺しておけばよかった。弥生は相談人になったつもりでいるが、できれば厄介事に巻き込みたくない。

相談人は女には向かない職業だ。まして弥生はまだ二十歳ほどの年ごろの娘だ。

弥生は文史郎の隣に正座した。

「私も護衛に加わるのでしょうね」

加えてくれなければ、承知しませんよ、という顔で文史郎を睨む。

「その話もあるが、今日参ったのは弥生に特別な相談がある」

弥生の目がきらりと光った。特別なという言葉が自尊心をくすぐったのに違いない。

「実は、一昨日、うちの長屋に手負いの少年が転がり込んだのだ……」

文史郎は、これまでの経緯を掻い摘んで話した。

弥生は興味津々《しんしん》な面持ちで、文史郎の話に耳を傾けていた。

「信吾という名は分かったが、まだ気を失ったままなので、身許もなにも分からない。

それに、このまま長屋に置いておいては、我々の仕事にも差し支える」

　弥生は察しが早い。

「……分かりました。長屋に匿っておいては危ないというのですね。それで、うちに匿ってほしい、と」

「いや、火付盗賊改めが探索しているとなると、弥生や道場に迷惑をかけたくない」

「いいですよ。火盗改なんか、少しも恐くない。誰にも、信吾に手を出させません」

「いまは、絶対安静にしなければならない時期だ。どこか郊外の寺かなにかで、人知れず、静かに養生できる所を知らぬか？」

「うちでも、裏の離れなら結構静かですよ」

　弥生は不満気に口を尖らせた。

「分かっている。我々の周辺ではなく、隠れ宿になる場所がほしいのだ」

「………………」

　弥生はじっと考え込んだ。

「浄明寺《じょうみょうじ》は、どうかしら？」

「浄明寺？　どこにある寺だ？」

「大川をやや上った寺島村《てらじま》にある古刹《こさつ》。昔から大瀧本家の菩提寺《ぼだいじ》だった。いまは、分家であるうちは、お墓を移して、上野《うえの》にあるけど。そう浄明寺なら、たくさん僧坊《そうぼう》があるし、人もあまり訪れない。きっといいと思う」

「住職は知っているのかい？」

「ええ。大瀧分家の娘の私のこと、きっと覚えていると思う。私が幼いころ、円妙《えんみよう》様のお膝の上で遊んだのを覚えているもの」

「住職は円妙尊師とおっしゃるのだな」

「ええ。円妙様にお願いすれば、きっと、その信吾という少年を預かっていただけると思う」

「弥生、それがしと、いっしょに浄明寺へ行って、お願いしてくれるか？」

「……よろこんで、ごいっしょします」

弥生はうれしそうにうなずいた。はにかんで、上目遣いで文史郎に訊いた。

「それで、いつです？」

文史郎は考え込んだ。

「できれば、早い方がいいのだが。まだ昼前だ。昼過ぎでは、どうかな？」

弥生はうなずいた。

「分かりました。師範代と相談して、午後の稽古は、師範代や高井《たかい》たち高弟にお願いすることにします」

「悪いな」

「とんでもない。これも、相談人の仕事のうちなのでしょう？」

「もちろん、そうだ」

「では、よろこんで。では、みども、支度がありますので」

「それがしは、爺にいって、舟の手配をしてから迎えに参る。大川の寺島村にある浄明寺だな」

「はい。では、のちほど」

弥生は急いで立ち上がり、師範代や高弟の高井を呼んだ。

文史郎も立ち、道場の玄関先に歩んだ。

道場の玄関から、急いで人影が走り去るのが見えた。

何者かに尾《つ》けられていたか。

文史郎は道場の外に出て、あたりを見回した。通りを往来するのは、物売りや普通の通行人で、不審な人影は見当たらなかった。

二

長屋に戻ると左衛門が緊張した面持ちで文史郎を迎えた。お福とお米も不安そうな顔をしている。

「容体《ようだい》は？」

文史郎は万年床に寝ている信吾に目をやった。すやすや寝入っている様子だった。

「変わりなしです。まだ気を取り戻していません」

「そうか。まだ意識が戻らぬか」

文史郎は刀を腰から抜き、草履《ぞうり》を脱いで、部屋に上がった。

「殿、木戸付近に怪しい者を見かけませんでしたか？」

「いや。おらなんだが」

文史郎は頭を振った。路地に入るあたりにも、人はいなかったように思った。

「大門殿を見かけませんでしたか？」

「いや。見かけなかったが、大門はいかがいたしたのだ？」

「大門殿が昨日見かけた若い者のあとを追って出て行ったのです」

「ふうむ。気付かなかったな。木戸のあたりも、帰って来る途中でも大門の姿はなかったが。いったい、何があったのだ？」

「殿がお出かけになられたあと、それを見計らったように、不審な連中が裏店の路地に入って来て、片っ端から長屋の住民に尋ねて回り出したのです」

「ほほう」

「そうなんですよ、お殿様。この裏店に、逃げ込んだ男がいるだろうって、すごむんですよ。隠すとためにならんぞって」

お福が恐ろしそうに身を縮めた。お米が付け加えた。

「逃げ込んだ男を匿っていると、ろくな目に遭わないぞ。すぐにどこにいるのか教えろって。だけど、見も知らぬ連中に誰が教えるもんですか」

お福も胸を張った。

「そう。長屋の亭主どもはほとんど出払っていないけど、留守を守る私たちは、みんな強いからね。口を合わせて、そんな男はいないよ、といって追い返した」

「それはかたじけない」

文史郎は左衛門に訊いた。

「爺にも、そやつら、尋ねたのか？」

「わしのところに来たには来たのですがね、ちょうど大門殿が戻って来られ、わしと立ち話をしていたので、やつらは大門殿に恐れをなしたのか、何も尋ねず、すごすごと引き揚げて行きましたな」

「どんな風体《ふうてい》の者たちだった？」

「中間《ちゅうげん》小者といった風体でしたな。おそらく、どこかの藩邸の者たちで侍ではなかった」

「ふうむ。中間小者のう。大門は、そやつらを追って行ったのか？」

「いいえ。そうではなく、そやつらが引き揚げて間もなく、今度は、昨日の仲間らしい若者たちが、また木戸のあたりをうろついているという知らせが入ったのです。大門殿が今日こそ、あやつらを捕まえ、信吾の身許を聞き出そうと出て行ったのです」

「そうか。次郎太たちか。昨日、遭ったとき、大門があの髯で頬擦りしたので、きっと恐れをなして逃げたのだろうよ」

文史郎は笑った。

「そうですよねえ。鍾馗様のような大門さんに追われては、誰でも恐がるわねえ」

お福とお米も左衛門と笑い合った。

表で下駄の音が響いた。

がらりと油障子戸が開き、大門の髷面が現れた。

「ようやく仲間たちから信吾の姓を聞き出しましたぞ」

「ほう、何だと申しておった？」

「赤井《あかい》だそうです」

「そうか。赤井信吾か」

文史郎は、蒲団の中で寝入っている若侍を見た。

「脱藩者だそうです。それで藩命を受けた者たちが赤井信吾を追っているそうなのです」

「そうか。脱藩者か。どこの藩だ？」

「播磨赤穂藩《はりまあこう》。信吾は赤穂浪士だとのことですぞ」

お福とお米が顔を見合わせた。

「まあ、あの吉良《きら》邸に討ち入りをした赤穂浪士？」

「主君の仇討ちをした義挙の藩士だというの。まあ、若いのに尊敬しちゃう」

左衛門と大門が笑った。

「ははは、あれは百年以上前の元禄《げんろく》時代の話だ。いまの赤穂藩士の話ではないぞ」

「当時の赤穂藩主は浅野《あさの》家だったが、いまはたしか森《もり》家に替わり、石高も二万石の小藩になっているはずだ」

「殿、二万石の小藩と申されたが、那須川藩は一万八千石、うちの藩よりも大きいでござる。それに赤穂藩は代々塩田《えんでん》を持ち、小なりといえどもうちのような貧乏藩よりも、はるかに豊かなはず」

文史郎はうなずいた。

「分かっておる。で、仲間の次郎太とケンゾウも赤穂浪士なのか?」

「いえ、彼らは脱藩していないので、いまも赤穂藩の藩士だそうです。ちなみに、二人は、角《すみ》次郎太と城山堅蔵《しろやまけんぞう》。ともに藩校で机を並べた、信吾の仲間で親友だそうです」

「そうか。それで、二人は心配して、信吾の様子を見に来ているというわけか」

「しかし、脱藩したとなると、藩から追われておるのでしょうな」

左衛門が信吾に目をやった。信吾は譫言《うわごと》をいったようだった。

いずれの藩も脱藩者に対する処遇は厳しい。通常、追っ手がかけられる。捕まったら、藩に連れ戻され、評定《ひょうじょう》にかけられ、軽くて閉門蟄居《へいもんちっきょ》、厳しいと切腹だ。追っ手が上意討《じょういう》ちすることもある。

「さっきの中間小者たちは、きっと赤穂藩の手の者ではないですかな」

「おそらく、そうであろうな」

「ここに居ると分かったら、次には追っ手の侍たちが押し掛けて来るでしょう。そうしたら、この状態では、信吾は逃げることもできない。厄介なことになりますぞ」

「信吾は、なぜ脱藩した？　仲間の次郎太たちは、何か申しておらなかったか？」

「信吾は尊皇攘夷派の一人だそうです。脱藩したのも、攘夷を行なうため。攘夷を行なっても藩に迷惑をかけないためだ」

　文史郎は腕組をした。

「そこが先日から気になっているところだ。信吾は脱藩したあと、誰かに扇動され、異人たちを襲撃したのだろう？　爺、今度、我らが引き受けた相談事に関わるのではないか？」

「確かに、そうでございますな。皮肉ですな。よりによって異人を守る我らの許《もと》に、信吾が転がり込むとは。これも天命でござろうな」

　左衛門は頭を振った。

　文史郎は、外に人の気配を感じ、はっと顔を向けた。大門と左衛門も油障子戸を睨んだ。

　剣気が押し寄せて来る。

誰かが外で油障子戸越しに、中を窺っている様子だった。

お福とお米が身を寄せ合った。

「誰だ？」

左衛門が声をかけた。

一瞬、相手が油障子戸から身を引く気配がした。

人影は二人だ。

「火付盗賊改め与力頭矢部透馬。お殿様は居られるか？」

文史郎は左衛門に目配せをした。

いま油障子戸を開けられたら、信吾が寝ているところを見られる。

「何の御用でござるか？」

文史郎は静かに信吾に掻い巻きを掛け、その傍らに寝そべった。

大門が立ち、素早く腰屏風《びょうぶ》を広げて、寝床を隠した。

「ちとお尋ねしたい向きがありまして、伺ったのでござるが」

「あいにく殿は、二日酔いで寝ております」

「ほう。寝て居られるとな。では、お見舞いいたしたいが」

左衛門は大門と顔を見合わせた。

「お見舞いは、お断りしておりましてな」

「いや、爺、いいぞ。頭が割れそうだが、見舞いを受けよう」

文史郎は腰屛風を少し押し開け、屛風の端から顔を覗かせた。長持から取り出した紫色の布で鉢巻きをし、いかにも二日酔いのような顔を作った。

「では、ごめん」

油障子戸ががらりと引き開けられた。

黒い羽織に裁着袴姿の矢部透馬が顔を見せた。背後に同心の北岡の猜疑《さいぎ》に満ちた目があった。

お米が手桶の水を台所から運び、お福が杓《しゃく》で水を掬《すく》い、文史郎に差し出した。

「はいはい、お殿様、二日酔いを醒《さ》ますには、お水を飲むのが一番ですよ」

「そうですよ」

お福とお米のやりとりは、いかにも取ってつけた臭い演技だったが、誰も笑わなかった。

矢部透馬はじろりと部屋の中の様子を見て取った。北岡がよく部屋の中を見ようとするのを、矢部は手で抑えた。

大門は文史郎の寝床の足の方に座り、腕組をし、深刻な顔をしていた。

左衛門が上がり框に座ったままいった。

「矢部殿、見ての通りだ。取り込んでいて、何のお構いもできないが、お茶でも進ぜようか……」

「いやはや、これは、たいへんなところをお訪ねしてしまいましたな。どうぞ、お構いなく。殿、お加減はいかがでござる?」

文史郎は腰屏風の陰から顔を出した。

「まあまあだ。すぐに元気になろう。昨夜は、ちと深酒をしてな。皆に迷惑をかけている」

「まあ、そうでござったか」

矢部はにやりと笑った。文史郎が訊いた。

「で、いかな用事かな」

「いや、結構でござる。逃げた若侍について、ちとお尋ねしたい向きがあったのですが、殿がお元気になられてからでもお尋ねしましょう。殿も無理はなさらぬように。拙者は、これにて失礼いたしましょう。どうぞ、くれぐれも、お大事になさってくださいますよう」

矢部は文史郎に一礼し、踵を返し、長屋から出た。不満気な顔の北岡が矢部に続いた。

「では、御免」

矢部は油障子戸を静かに閉めた。

やがて、二人が細小路を歩き去る気配がした。

しばらく沈黙が長屋を覆った。

ぷっとお福が吹き出した。それを機に、みんなはどっと笑い出した。

「それにしても、下手《へた》な芝居でしたな。あれで、よく矢部と北岡は引き揚げたものですな」

左衛門が笑いながらいった。

「まったく」

大門が同意した。文史郎は頭に巻いていた紫色の布を外した。

「爺、ここに信吾を置くのはまずい。一刻も早く、安心できるところに移す。至急に玉吉《たまきち》を呼んで、屋根船を用意してくれ」

玉吉は、松平家の元中間《ちゅうげん》だが、いまは船頭頭《がしら》をしている。

「屋根船を？」

「そうだ。いまのうちに、信吾を安全な隠れ家に移す」

「安全な隠れ家が見つかったのですか？」

「うむ。弥生が案内してくれる」

「分かりました。では、行って参ります」

左衛門は立ち上がり、刀を手に油障子戸を引き開け、外に出ようとした。

左衛門は、そこで何かを見付け、すぐに部屋に戻った。

「殿、表にこんなものが」

左衛門は一振りの大刀の抜き身を手に持っていた。

「表に突き刺してありました」

左衛門は文史郎に刀を差し出した。

文史郎は刀を取り、日に透かして、刀身を見つめた。

刀の根元に刃毀《はこぼ》れはあるものの、血糊《ちのり》は付いていない。一度、人を斬ったことがある刀だ。それも最近に。

「殿、この刀、おそらく信吾のものかと」

大門が小声でいった。文史郎は何もいわず枕元に置かれた大刀の鞘を手に取った。

大刀の抜き身は、さらりと鞘に納まった。

左衛門が訝《いぶか》った。

「なぜ、矢部は、これを戸口の前に突き刺して置いたのですかな」

「警告だよ」

文史郎は笑みを浮かべた。

「我々が、この長屋に信吾を匿っているということは、火盗改はとっくに知っているぞ、という警告だよ」

矢部のやつ、味なことをやる、と文史郎は思った。

ここに信吾を隠していれば、火付盗賊改めはいつか踏み込むことになるぞ、という警告だ。いまのうちに移せといっているのだ。

「爺、急げ」

「分かりました。では」

左衛門はまた長屋から飛び出して行った。

三

大川は薄茶色に濁り、ところどころで泡立ち、渦を作りながら流れていた。

昨日まで上流域で雨が降っていたため、増水したのだった。

文史郎たちを載せた二人漕ぎの屋根船は、流れに逆らって上流をめざして進んだ。

閉めきった障子戸の部屋には、女物の着物を着せられた信吾が横たわっていた。弥生は信吾の枕元で看護をしている。

まだ信吾は意識を失ったままだった。

文史郎は、大門と左衛門と分担し、船の左右、後ろの障子戸を細目に開けて外を窺った。

いまのところ後ろから尾《つ》けて来る不審な舟の姿はない。左右の河岸にも、怪しい動きをする人影は見当たらない。

船頭の玉吉と手下は、黙々と櫓《ろ》を漕いでいる。

「ここまで来れば、安心でしょう」

弥生がようやく笑みを浮かべた。

文史郎もほっとしてうなずいた。

「どうやら、見張りの目を誤魔化《ごまか》すことができたようだな」

「弥生殿の策がまんまと効を奏したようですな。愉快愉快」

大門がにんまりと笑った。左衛門も満足気にうなずいた。

「いまごろ、偽者と分かり、あわてて長屋に戻って、わしらを探しておるのではないですかな」

弥生の策というのは、門弟のなかから、まだ元服前の前髪をつけた者を選び、信吾になりすまさせたのだ。

師範代の武田と高弟の高井真彦《まさひこ》たちが、いかにも信吾をどこかに移送するかのように装い、長屋の木戸から連れ出したのだ。

それに時を合わせ、弥生と大門が本物の信吾を裏木戸から担ぎ出し、用意した駕籠に乗せて、長屋を脱出した。

裏木戸も見張られていることを想定して、用心のため、弥生は信吾を女装させ、大門に背負わせて運んだ。

文史郎と左衛門は、近くの運河の桟橋に玉吉の屋根船を用意して、弥生たちが到着するのを待ち受けた。

船に乗ってしまえば、こちらのものだ。運河を辿って、大川に出、一路上流をめざす。

「殿、まもなく百姓渡しでやす」

玉吉が櫓を漕ぎながらいった。

百姓渡しは、吾妻橋《あずまばし》と千住大橋《せんじゅおおはし》のほぼ中ほどにあって、右河岸の寺島村と左河岸の通称松崎稲荷《まつざきいなり》の間を結ぶ渡し船だ。

対岸に渡るには、陸路で吾妻橋か千住大橋まで迂回しなければならないので、その中間にある渡し船は、百姓農民にとってありがたい存在だった。

「玉吉、船を寺島村の船着き場に着けてくれ」

「へい」

渡し船の桟橋と並んで、普通の船が接岸できる船着き場がある。

玉吉は手下に櫓を漕がせ、自分は竿を河底に突いて、船を操りはじめた。

屋根船は、ゆっくりと舳先《へさき》を右手の桟橋に向けた。

玉吉の巧みな竿さばきで、船を船着き場に寄せて着けた。

玉吉は船から桟橋に飛び移り、船の艫綱《ともづな》を杭に結んだ。

船着き場は、次の渡し船を待つ人たちが大勢待ち受けていた。

文史郎は、左衛門とともに先に船を降り、不審な者はいないか、目配りをした。

ついで、若侍姿の弥生と、信吾を背負った大門が船を降りた。

渡し船を待つ人たちが好奇の目で、信吾を背負った大門や、凛凛《りり》しい若侍姿の弥生を眺めていた。

文史郎は人々を見回したが、普通の百姓農民や坊主、行商人で、侍や中間小者らしい風体の男はなかった。

　左衛門が船頭の玉吉に命じた。

「玉吉、ここで怪しい者が来ないか、見張っていてくれ」

「へい。分かりやした」

　玉吉と手下は左衛門にうなずいた。

「大門様、こちらです」

　弥生は先に立って歩き出した。

　大川沿いの田舎《いなか》道で、その先には、こんもりとした森があり、梢《こずえ》の間に仏閣の甍《いらか》が見え隠れしていた。


　浄明寺は深い森の中にあった。

　一本道は、途中二股、三股に分かれた。

　大きな欅《けやき》の並木道に入ると、いかにも古そうな山門に到った。

　山門には「浄明寺」という札が掛かっていた。山門を潜ると、森閑と静まり返った境内になる。欅や楠《くすのき》の大木が枝を広げている。

　石畳の参道の先に、本堂や拝殿、鐘楼《しょうろう》、僧坊などの仏閣が見えた。

「着きました」

弥生は額《ひたい》の汗を拭いながら笑顔を見せた。

弥生は、髪をひっつめに後ろに回して束ねて結び、背中に垂らしている。馬の尻尾のように、歩くたびに背中で揺れた。

「おお、着いたか。さすが、拙者も疲れたわい。結構、こやつ重いでな」

大門は背中の信吾を背負い直した。

「大門、それがしが替わろう」

「いえ、殿には、そんなことはさせられません。なんの、これしきのこと。まだまだ大丈夫でござる」

大門は大声で笑った。だが、額にびっしょりと汗をかいていた。

境内を箒《ほうき》で掃いている修行僧の姿があった。

弥生は修行僧の一人に走り寄った。

ほかの修行僧たちは箒を掃く手を休め、突然現れた弥生や文史郎たち一行に、何ごとかと見つめていた。

「和尚様は、ただいま本堂においでです」

修行僧は弥生に手で本堂を指差していた。

四

老住職の円妙和尚はにこやかな笑みを浮かべながら、弥生や文史郎たちを迎えた。

「ほかならぬ大瀧家の弥生様ですからな。その弥生様のご依頼ともなれば、私がお断りするわけがありません。その赤井信吾は、我が寺で養生するがいいでしょう」

「和尚様、ありがとうございます」

弥生はほっとした顔で円妙に頭を下げた。

「ほんとうに申し訳ござらぬ。厄介なお願いをしまして」

文史郎は弥生の傍《かたわ》らに座り、頭を下げた。

「正直に申し上げます。あの信吾という若者はお上《かみ》に追われております」

文史郎は、これまでの経緯を話そうとした。

円妙和尚は穏やかな笑みを浮かべながら、頭を振った。

「いやいや、わけはおききしますまい。おききしても致し方のないこと。この寺にいる限り、たとえお上とはいえ、手出しはさせませぬ。信吾が無事生き延びるかどうかも、すべては阿弥陀如来《あみだにょらい》様のご慈悲におすがりしてのことにございましょう。南無阿《なむあ》弥陀仏《みだぶつ》。南無阿弥陀仏……」

円妙和尚は合掌し、口の中で念仏を唱えた。


その日は、信吾の付き添いとして、とりあえず、弥生と大門の二人を残し、文史郎たちは引き揚げた。

安兵衛店に戻ったのは夕方近くだった。

長屋はいつになく騒がしかった。

文史郎たちが居ない間、岡っ引きや正体の分からぬ中間小者たちが長屋の細小路をうろつき、文史郎たちがどこへ消えたかをしつこく住民に聞き込みをかけたからだった。

「お殿様が留守の間、たいへんだったんですよ」

「よかった、よかった。これで安心だわ」

お福やお米をはじめとする長屋のおかみたちは、文史郎たちを見て、ほっと安堵の顔になった。

お福が文史郎にいった。

「そうそう。お殿様、清藤屋からお使いが来てましたよ」

「なんと申しておった？」

「お戻りになったら、至急にご連絡を、とのことでした」

文史郎は左衛門と顔を見合わせた。

「呼び出しがかかったのかな？」

「これから爺が権兵衛のところへ、ひとっ走り行って参ります」

「うむ。頼む」

「お福さん、お米さん、悪いが殿の夕餉の面倒をお願いできぬか」

お福はお米と顔を見合わせて笑った。

「はいはい。安心して行って来てくださいな」

「私たち二人で、お殿様の面倒は見ますから、どうぞご安心を」

文史郎はお福とお米に頭を下げた。

「済まぬな。いつも、おぬしたちに厄介をかけて」

「いいんですよ。お殿様がいらっしゃるんで、この安兵衛店は安泰なんですから。ね、お米さん」

「そうですよ。それに、お殿様たちがいるから、いろいろおもしろいこともあるし」

「では、よろしう頼みます」

左衛門は刀を手に、そそくさと長屋を出て行った。

五

大門は、和尚の指示通り、僧坊の裏の離れに信吾を運んで寝かせた。

離れは渡り廊下で僧坊の建物と繋がっているだけで、普段は僧坊に住む修行僧たちは出入りしない。

もともと、その離れは浄明寺を訪ねて来る高僧の寝所《しんじょ》として使われるもので、周囲は竹林や樹林で囲まれ、世間とは隔絶していた。

弥生は、円妙和尚の住まいに呼ばれ、出て行ったまま戻って来ない。久しぶりの再会で、円妙和尚との会話が弾んでいる様子だった。

大門は腕組をし、こんこんと眠っている信吾を見つめた。

信吾はまだ冥府《めいふ》と、この俗界との境の三途《さんず》の川を渡るか渡るまいか、と彷徨《さまよ》っているのだろうか？

和尚は、あとは阿弥陀如来様の慈悲におすがりするだけ、といっていた。ならば、信吾はこのまま汚れた俗界から解脱《げだつ》して、阿弥陀如来様のお導きで極楽へと旅立った方が幸せかもしれぬとも思う。

小坊主が行灯《あんどん》に明かりを入れて引き下がってから、離れは人気《ひとけ》なく、森閑と静まり返っていた。

大門は竹林の庭に向き直り、座禅を組んだ。

心を無にし、静かに呼吸を整えた。

空即是色《くうそくぜしき》。色即是空《しきそくぜくう》。

雑念を振り払い、心を平静にし、いっさいを無にする。

目を閉じ、心を澄ます。

竹林からかすかに葉の擦れる音が伝わってくる。

樹林の枝の葉陰から小鳥の囀《さえず》りがきこえる。

背後に寝ている信吾の規則正しい寝息も耳に入ってくる。

竹藪の葉を揺らして、たぬきかいたちか、それともきつねかの小動物が忍び足で蠢《うごめ》く気配もある。

いっさいが無常。

万物流転、諸行無常《しょぎょうむじょう》。

無常の身に迫りぬる事を心にひしとかけて……。

大門ははっと目を開いた。

背後から誰かの視線が首筋に当たっている。

大門は振り向いた。

信吾は目を覚まし、寝床からやや身を起こしていた。きょとんとした目で大門を見ていた。

「信吾、目が覚めたな」

「ここは？」

「地獄の一丁目、といいたいところだが、あいにくだが、俗界の真っ只中だ」

「俗界？」

信吾は目を手で擦《こす》ろうとして、顔をしかめた。斬られた傷が痛みを訴えたのだろう。

「安心せい。ここまでは、追っ手も来ない」

「ここは、どこなのです？」

信吾は横たわったまま、不安そうに訊いた。

「浄明寺だ」

「浄明寺？　あなたは？」

「大門甚兵衛。おぬしは、赤井信吾と申すそうだな」

信吾は答えず、また訊いた。

「それがし、なぜ、ここに？」

「居るというのか？　おぬし、誰かを襲ったようだな」

「…………」

「それはまあいい。そこで、相手に斬られ、わしらの住む安兵衛店に逃げ込んだ。それは覚えておるか？」

「…………」

信吾は曖昧《あいまい》にうなずいた。

「おぬし、ばっさり斬られて瀕死《ひんし》の状態だった。それを長屋の人たちが助け、わしたちのところへ運び込んだ」

「わしたち、と申されるのは？」

「殿や爺、それに我輩《わがはい》だ」

「殿？　爺？」

「殿、つまり大館文史郎様、爺とは篠塚左衛門だ」

そのとき、渡り廊下に足音が響いた。

足音が離れの前に止まり、襖がさらりと引き開けられた。

弥生の顔が覗いた。

「大門様、母屋の方に御出でください。お食事の用意が……。あっ」

弥生は信吾と目が合った。

「まあ、信吾は目を覚ましたの？」

「あ、あなたは？」

信吾は弥生に目を瞠《みは》り、軀を起こそうとして、また蒲団に倒れ込んだ。

「こちらは、弥生様だ。わしらの仲間の一人だ」

「……弥生様ですか」

信吾は乱れた着物の衿《えり》を合わせようとして、着物が女物なのに気付いた。顔を赤らめた。

「それがし、女子の着物を着せられていたのでござるか。恥ずかしい」

「なにも恥じることはない。おぬしを長屋から連れ出すのが厄介だった。岡っ引きや火盗改の目をごまかすには、おぬしを女装させて、運び出さねばならなかったのでな」

弥生が寝床の脇に膝行《しっこう》し、信吾にいった。

「よかった、気が付いて。あなた、あのまま、死んでいたかもしれないのよ」

「…………」

信吾は憂いを含んだ目で、弥生をじっと見つめていた。

「いいこと？　あなたは斬られて、もう少しで死んでいた。それを文史郎様や左衛門様、大門様が助けて蘭医をお呼びになった。蘭医は傷口を縫い合わせ、あなたは一命を取り留めたのよ」

「…………」

信吾は弥生を見返すばかりで、口を閉ざしていた。

「分かった？」

「文史郎様とか左衛門様とは誰でござる？」

「そうか。あなたは気を失っていたから分からないのね。あなたを助けた命の恩人。こちらの浄明寺にあなたを運んでくれた人たちよ」

「……それがしの刀は？」

信吾はあたりを目で見回した。

大門が笑いながらいった。

「おぬしの刀は、床の間に立て掛けてある。心配いたすな」

「……先生に申し訳ない」

「先生ですって？　誰のこと？」

「川北厳斎《かわきたげんさい》先生」

　大門は訝った。

「その川北厳斎とは何者だ？」

「…………」

　信吾は黙って答えなかった。

「そうだ。おぬしを心配して、次郎太とか堅蔵とか、仲間が訪ねて参ったぞ」

「次郎太、堅蔵が……」

　信吾は目を閉じた。

「それで、おぬしが赤井信吾だと分かった。家族はどちらにいる？　府内か、それとも赤穂か」

「…………」

　信吾は黙った。

「おぬしの父上や母上、あるいは兄弟の誰かに知らせないでいいのか？」

「…………」

「そうか。知らせぬでもいいなら、知らせない。ところで、おぬし、脱藩しているそうだな」

「…………」

「おぬし、尊皇攘夷派か？」

「…………」

信吾は目を瞑《つむ》ったまま、身じろぎもせず、答えようとしなかった。

大門は弥生と顔を見合わせた。

どうやら、赤井信吾は、まだ事態が飲み込めずにいる。だから、話したくても話せないのだろう。

弥生も頭を左右に振った。

大門はにやにやと頬髯を歪ませた。

鳴かぬなら鳴くまで待とうホトトギスか。

「まあ、いまは答えずともいい。そのうち、心を開いて、話すようになろう。まずは、早く元気になることだ」

弥生も大きくうなずいた。

六

文史郎は左衛門とともに、山下《やました》門の外国奉行田島峰太の屋敷に招かれた。

書院に通された文史郎は、奉行の田島峰太と正対して椅子に座った。

田島邸の書院も洋式の円卓と椅子が使われている。

当主の田島峰太の隣には、武島陣三郎が神妙な顔で侍《はべ》っている。

「このたび、武島を外国御用出役頭取に任じ、外国公使の警護にあたらせておりますが、なにしろ、人員不足にござって、貴殿たちのお力も借りねばならぬ始末。まこと汗顔《かんがん》の至りにござる」

田島峰太は実直そうな顔で文史郎を見た。

「武島殿のお話では、講武所に通う幕臣の子弟から、腕が立つ者を選抜するときききましたが」

「左様。しかし、目下《もっか》、まだ十数人ほどしか集められず、とても老中安藤様の申されるようには、外国公使の方々をお守りすること能《あた》わずにござる」

「講武所の者に限らず、幕臣の中から広く腕が立つ者を抜擢なさってはいかがです？

たとえば、火付盗賊改めを務める先手組《さきてぐみ》などから、優秀な武士を抜擢する方法もあるのでは」

「それができれば、楽なのですが、幕臣の多くは、夷狄の毛唐のと、毛嫌いしている。見たことも会ったこともないのに、外見や図体の大きさに反感を持つ輩が多くおりましてな」

　文史郎は後ろに控えた左衛門にちらりと目をやった。左衛門は素知らぬ顔で控えていた。

「いくら幕命とはいえ、自分よりも下等な者のために、なぜ、己の命を張らねばならないのだ、という反発があるのでござる」

「ううむ」

「先にイギリスのオールコック公使付きの通詞小林《こばやし》伝吉《でんきち》が公使館前で、二人の武士に襲われ、暗殺されたことがありますが、そのときも、公使館の警備にあたっていた者は、目の前での犯行なのに見て見ぬ振りをして、見逃した。通詞は毛唐に仕える裏切り者という目でしか見ていない。そのような狭量で頑迷固陋《がんめいころう》な愛国心というか、異人への偏見を持った幕臣には、とても公使の警護を頼むことができないでしょう」

「なるほど。しかし、講武所の若侍たちとて、同じような愛国心の持ち主ではないのでござらぬか?」

「いや、まだ若い者は同じ愛国心でも、そこまで偏狭ではない。講武所では、広く蘭学、洋学も教えているので、外国の進んだ文明に触れる機会が多い。なかには、海外に出て、外国の文明を学びたいという進取の気性を持つ有為の若者もいる。我々としては、そうした若者を外国御用出役にしたい。いまのところ、十人扶持程度しか出せぬが、将来は手厚く手当てを出したい。そして、出役としてでなく、先手組のような常備の組にしたい、と思っております」

御用出役というのは臨時に御用として採用する役ということで、正式な役職ではない。外国御用出役も臨時の仮役なのである。

「と申されると、いかな組に?」

「老中安藤様と協議した結果、別手組《べってぐみ》と命名するつもりでござる」

「ほう。別手組のう。別手組としたのは?」

「先手組、後手組、弓手組などとは別の別働隊という意味にござる」

「なるほど。で、その組頭、隊長は?」

「この武島陣三郎を、その別手組頭取にするつもりでござる」

田島峰太は隣席の武島陣三郎に目をやった。

「よろこんで大役を務めさせていただきます」

武島は頭を下げた。田島は鷹揚にうなずいた。

「期待しておるぞ」

田島は文史郎に向き直った。

「大館殿、これまで幕府は、外国公使を守るような警護組とか、幕府を守るための直轄部隊を保持しておらなんだ。老中幕閣は、これからは、外国御用出役を基にして創る別手組を使うつもりでおられる」

「そうでござったか。それはなにより」

「ところで、今日御呼び立てした件だが、明日、芝赤羽《しばあかばね》接遇所において、イギリス公使代理のジョン・ニール殿と老中安藤様、外国奉行田島様などとの極秘会談が行なわれる。接遇所内の警備には、直参《じきさん》旗本や親藩の藩士を当てさせているものの、先に申したように、どうも彼らを信用することができない。万が一にも、公使の身に何かあったら、イギリスとの戦になりかねない。安藤様は、慎重の上に慎重をという指示を、それがしに出した。武島を支援して、ぜひ、警護にあたってもらいたい。いかがであろうか？」

「それがしからも、ぜひ、お願いしたい」

武島も文史郎に頭を下げた。

文史郎はうなずいた。

「分かりました。お引き受けいたそう。して、どのような警護をすればいいのか」

「それがしたちが、公使たち一行にぴったりと張り付いて警護いたす所存でござる。それゆえ、相談人たちには、公使一行の往復の道筋の要所を警戒していただきたい」

武島は円卓の上に地図を拡げた。

文史郎は左衛門に目配せした。

「爺」

「はいっ。では、失礼いたす」

左衛門はのっそりと立ち上がり、円卓に近寄り、地図を覗き込んだ。

「公使館は東禅寺《とうぜんじ》にござる。そこから、芝赤羽接遇所までは、この距離になります」

武島は扇子《せんす》の柄《え》の先で地図の二点を差した。

「公使たちは、馬でござろうな」

「左様。馬で一気に走り抜けるつもりでござる。もちろん、警護のそれがしたちも馬」

文史郎は芝赤羽接遇所と東禅寺の間の道筋を丹念に辿った。

距離にして半里（約二キロメートル）ほどだ。

東海道の街道を使えば、道は一路となる。迂回路も入れれば、道は三路になる。

どの路を使おうが、一箇所だけは、どうしても通過せねばならない。

芝赤羽接遇所を出たばかりの芝薪河岸《しばまきがし》の中の橋。

「もし、拙者が敵一味であれば、この中の橋で待ち伏せいたすであろうな」

「さすが、相談人ですな。以前、ハリスの秘書兼通詞のヒュースケンが襲われ、暗殺されたのも、その中の橋でござった」

武島は田島と顔を見合わせ、満足気にうなずいた。

「爺、おぬしなら、どうする？」

「ここここでしょうな」

左衛門が指差したのは、急な曲がり角や、運河や川を跨《また》ぐ橋だった。ともに避けようがない場所だ。

「武島殿、下見《したみ》に行きたいが、我らにも馬を用意していただけるか？」

「いいでしょう。では、二頭用意しましょう」

左衛門が口を挟んだ。

「明日は、一応、四頭ご用意願いたい」

「四頭でござるか?」

武島はきょとんとした顔になった。

「大館殿、篠塚殿、大門殿のほかにも、まだ相談人がおられるのですか?」

左衛門が笑いながら答えた。

「はい。女剣士が一人。弓や馬もこなす女武芸者でござる。そうですな、殿」

「うむ。まあ」

文史郎は浮かぬ顔をした。できれば、弥生は巻き込みたくない。だが……。

「弥生殿をないがしろにすると、あとが恐いですぞ。敵よりも手強いですからな」

「分かりました。田島殿、いいですな」

「もちろんだ。相談人殿たちのやりやすいようにやっていただく。なんとしても、公使代理一行の安全を最優先したい」

田島は大きくうなずいた。

七

文史郎は黒馬「春風《はるかぜ》」に跨《また》がり、江戸の町の中を飛ばした。

先頭を行くのは、武島の栗毛馬《くりげ》だ。文史郎の後ろから左衛門の芦毛馬「霞《かすみ》」がついて来る。

まだ陽が落ちるまでに間があった。

江戸市内を馬で走ることができるのは、公儀の者か、幕閣や要路、あるいは幕府から特別の許可を貰った者だ。

最初は芝赤羽接遇所だ。その後、そこから品川の東禅寺への道を辿る。

芝赤羽接遇所は、正面は黒い門構えとなっており、高い黒塀に囲まれている。

武島は門前の砂利の広場で馬を止めた。

「ここは、以前は講武所の調練所でしてな。中には、銃剣道場や洋式訓練場、馬場などがありました。いまは大幅に建物が改装され、外国要人接遇用になっております」

門前には、厳しい目付きの警護の武士が立って警戒にあたっていた。

警護の武士は武島と見ると、腰を折り、丁重に挨拶した。

武島は警護の武士たちに、文史郎と左衛門を紹介し、失礼のないように、と注意した。

「はい。かしこまりました」

警護の武士たちは一様に畏《かしこ》まって文史郎たちに挨拶した。

「こうでもしておかないと、当日、こやつら、相談人たちを敵だと勘違いしかねないですからな」

武島は苦笑いし、馬の首を返した。

「ここからは並み足で参りましょう」

文史郎は武島と馬の轡《くつわ》を並べて進んだ。

目と鼻の先に、深い掘割を渡る木橋がある。

ヒュースケンが暗殺された中の橋だ。

「待て」

文史郎は木橋の上で馬を止めた。

左手をほぼ一丁ほど行った先に、同じ掘割を渡る赤羽橋《あかばねばし》の弧を描く木橋が見える。

いずれの木橋も半円状に弧となっており、馬で駆け抜けるのは危険だった。どうしても馬は走れず、足を緩めて歩行する。

暗殺者には格好の襲撃場所だ。

武島が説明した。

「この中の橋を渡って出た通りを左に折れ、有馬《ありま》中務《なかつかさ》家の屋敷沿いに東へ進むと、赤羽橋を渡る道に合流します。東海道に通じる道で、こちらからですと、有馬屋敷沿いに行って最初の角を右に曲がる道になる。その道は真直ぐに延びており、海沿いの東海道に合流します」

「つまり、この中の橋を渡っても、奥の赤羽橋を渡っても、同じ直線の道に出るというわけだな」

「さようにございます。その道を馬で走れば、東禅寺までは一走りです。仮に道に飛び出して馬を止めようとしても、先導する我らが蹴散らします」

「うむ。この中の橋を渡り、真直ぐに進む小道があるが、これは？」

橋を渡った正面には、築地塀に挟まれた細い路が延びていた。

「東海道に抜ける迂回路として使えます。万が一、赤羽橋から入る真直ぐな道が待ち伏せされていると分かったら、この武家屋敷の間の道を進めばいい。ただし、狭いし、ここも待ち伏せされたら、逃げ場がないので、危険ですが」

「よし。王道の帰路を行ってみよう」

文史郎は馬の首を左に向かせた。

有馬屋敷の塀沿いに馬を進める。左手は掘割だ。掘割の岸には松の木が枝を伸ばしていた。

ほどなく赤羽橋からの通りに出た。そこで有馬屋敷の塀は切れる。

武島のいっていたように、そこからは真直ぐな道が南に向かって延びている。

両側は武家屋敷か寺院の境内だ。脇道もある。脇道があるということは、そこに暗殺者たちが潜んで待ち伏せることができるということでもある。

「殿、図上で考えるのと、実地にあたるというのはだいぶ違いますな」

左衛門がいった。

「ともあれ、帰路を辿ってみよう」

文史郎はゆっくりと馬を進めた。左右に油断なく目を走らせる。

行商人や土地の住民が往来し、子供が路地で遊んでいる。運送人の荷車や馬車の姿もある。

築地塀の切れ目ごとに路地がある。暗殺者が公使一行が通るのを待つには、これまた格好の場所だ。

「思った以上に死角がありますな」

武島も不安げに文史郎にいった。

「おそらく、往路は刺客たちも狙わぬだろう。やるとすれば帰り道だ。公使代理一行が接遇所に入ったことさえ確認できれば、日がな一日でも帰る道に張り込めばいいのだからな」

「なるほど。そういうことですな」

やがて、東海道の広い街道に出た。さすが街道筋は大勢の旅人や行商人、武士たちの往来がある。近くには品川宿の賑わいもある。

広い通りに出れば、万が一襲われても、馬でなら、いくらでも逃げようがある。

街道から高輪《たかなわ》の丘に上がると、イギリス公使館が置かれた東禅寺に至る。

高い築地塀の中に、イギリスの国旗が翻《ひるがえ》っていた。山門の門扉《もんぴ》は堅く閉じられていた。

山門の前の番小屋には、警備の徒侍《かち》や中間《ちゅうげん》が詰めている。

武島が馬で山門近くまで行っても、警備の徒侍や中間はのんびりと見ているだけだった。

「警備の監察だ！　何をしている」

武島が怒鳴った。ようやく供侍《ともざむらい》たちは床几《しょうぎ》から腰を上げ、馬上の武島を見上げた。

「外国奉行田島峰太様の配下、外国御用出役頭取の武島陣三郎と申す。巡視に参った。この警備の頭《かしら》は誰か！」

供侍や中間の動きが慌ただしくなった。

「並べ」

「整列！」

供侍が号令を掛け、中間足軽たちが杖《じょう》を手に一列に並んだ。整列というには程遠く、でこぼこのある並び方だった。

やがて、番小屋の中から、小太りの役人がのっそりと現れた。

「警備頭……にござる。何ごとでござろうか？」

「最近、公使をはじめ、異人を狙う攘夷派の暗躍が活発だ。この東禅寺近辺で怪しい動きはないか？」

「……いまのところ異状ありませんが」

「門の警備に落ち度はないか？」

「ありません。手順通りにやっております」

頭はのんびりした口調でいった。

「おぬしら、どこの藩兵だ？」

「……藩です」

頭は聞き慣れぬ藩の名を告げた。

幕臣、旗本ではなく、他藩からの応援の兵では、無理もいえない。

「重々、警備に怠りなきよう」

「承知しました。……みんな、解散だ」

頭の侍は、こんな加役はやっていられないよ、という風情《ふぜい》丸出しにして、不満げに番小屋に戻って行った。

武島陣三郎は馬を返して、文史郎のところに戻って来た。

「ご覧になったでしょう？　こんな警備の兵の状態では、攘夷派どもが攻めて来たら、いっぺんに東禅寺は攻め落とされますよ」

「なるほど。彼らは、まるでやる気なしだな。確かに、おぬしたち外国御用出役が必要だというのがよく分かった」

「殿、もしや、我が藩も、加役で大坂に出たときは、こんなふうだったのではないですかな」

左衛門が溜め息混じりにいった。

大坂城加役や、こうした警備の加役は、小藩にとって、幕府から知行が加算されるので、しばしば無理をしてでも加役を頂いてくる。少しでも幕府から加役としての金が出れば、財源になるからだ。

しかし、加役に兵を出しても、この体《てい》たらくでは、員数だけは増えても、まったく力にならないのが目に見えている。こんなところにも幕府のたがが弛んでいる兆候が見て取れる。

「よし、帰りにいま一度道筋を確かめて戻ろう」

「はっ」

武島は無理に元気を奮《ふる》い起こすように大声で返事をした。

もし、自分が襲撃者だとして、どこでどう暗殺の機会を練るか？

文史郎は黙々と馬を進め、赤羽橋に続く、真直ぐな道を行く。

「武島、公使の暗殺計画がある、というのを、どこから嗅ぎ付けた？」

「……密かに通報があったのです」

「誰から？」

「長州藩《ちょうしゅう》の要路《ようろ》からです」

「どのような話なのだ？」

「長州藩の若手の藩士が、上層部の家老のいうことをきかず、勝手に暴走しそうだと。具体的には東禅寺を襲うとか、イギリス公使や通詞を襲い、幕府を窮地に陥らせる計画を話し合っているというのです」

「ほう。どんな若者たちだ」

「処刑された吉田松蔭《よしだしょういん》の影響下にある若者たちだときいています」

「ううむ」

吉田松陰については、耳にしたことがある。

山鹿《やまが》流兵学を説《と》き、過激な攘夷論、倒幕論を主張していたときいている。そして、先年、幕府の獄に繋がれ、処刑された。

「数日前になって、老中安藤様がイギリス公使代理と秘密の会談を行なうことが決まると、それを嗅ぎ付けた攘夷派が公使一行を襲う計画だ、という確かな話が老中の耳に入ったのです」

「ふうむ。それで」

「にわかには信じられなかったのですが、先日、会談の通詞をやる者の一人が攘夷派に襲われたのです。そのときに、捕まえた攘夷派の一人を厳しく責めたところ、明日会談が行なわれると白状したのです。どうやら、幕府の要路のなかに、事前に秘密会談の日程を洩らした人物がいる、と分かったのですが」

「先日、攘夷派が通詞を襲ったというのか？　それはいつのことだ？」

「一昨日のことです」

文史郎は左衛門と顔を見合わせた。

「どういう事件だ？」

「御存知ないのは無理ありません。すべて、秘密ですから。警護の者といっしょに、通詞の日本人が外国奉行の田島様の屋敷から出てまもなく、多数の刺客に取り囲まれ、襲われたのです」

「それで？」

「応戦した警護の者が斬死し、通詞は辛うじて助かったものの、重傷を負いました。通報をきいて、直ちにそれがしたちが駆け付け、斬り合いになりましたが、数人に逃げられました」

「どのような連中だった？」

「一人以外は、みな元服したか、しないかの若侍でした。なかには前髪をつけた少年までいた。その少年は、それがしがやめろというのに、斬りかかって来て、やむを得ず、斬り捨てました」

文史郎は左衛門と顔を見合わせ、頭を振った。

「その少年は死んだか？」

「かなりの深手になったと思われますので、おそらく死んだかと思います」

「そうか」

「ですが、現場にその少年の遺体はなかったので、火付盗賊改めは、少年は重傷を負ったものの、仲間の手によって逃げおうせたと見て、探索を続ける、といっておりました」

「火盗改か。もしかして、与力頭の矢部透馬か」

「矢部透馬殿を御存知で」

「よく存じておる」

文史郎はうなずいた。

おぬしに斬られた赤井信吾のことも、という言葉は胃の奥に飲み込んだ。

赤井信吾は、攘夷派の刺客だったのか。

文史郎は、もしやそうではないか、と思っていたことが、だんだんと現実味を帯びてくると、信じたくない気持ちと、真実から目を背《そむ》けてはいけない、という二律背反の気持ちに心が揺れた。

左衛門も同じ心境らしく、深刻な面持ちで馬の鞍《くら》に揺られている。

いつの間にか、赤羽橋に戻った。

「お二人とも、いかがいたしました？　それがし、何か失礼なことを申しましたか？」

「いや、そうではない。こんな攘夷やら何やらで、日本人同士が殺し合っていて、いいのか、という思いに囚《とら》われてな。悲しくも憂鬱になったのだ」

文史郎はしんみりといった。

「そうでござるな。それがしも、いくら主義主張が違うとはいえ、有為な若者を斬ってしまった後味の悪さといったらありません。なぜ、咄嗟《とっさ》に刀を返して、峰打ちにできなかったか、と悔いているのです」

「そうでござったか」

「しかし、あの少年の剣はあまりに鋭く、それがしに、返す余裕を与えないほど気迫に満ちていました。もし、生きていれば、そして、心を入れ替え、日本のことを考える人間になっていてくれれば、きっと日本のために役立つ人になるだろう、と残念でなりません」

武島は周りを見回した。

「相談人、また接遇所に戻りましたが、いかがいたしましょう？」

文史郎はふと首筋に視線を感じた。それも刺すような違和感を覚える視線だ。

文史郎は馬の首を回し、視線の来る方に顔を向けた。

下から視線は来る。掘割の中に一艘の猪牙舟が移動していた。その舟に座った黒い着流しの浪人者が文史郎を見上げていた。見覚えのない浪人者だった。

浪人者は文史郎と視線が合うと、そっと視線を外し、背中を見せた。

「う、あやつ」

武島が呻き、馬の手綱を引いた。馬は後ろ脚立ちになった。

「いかがいたした？」

「あやつ、通詞を襲った攘夷派たちの仲間、いやきっと指導者でござる」

武島は馬を立て直した。

「御免。あやつ、逃すわけにはいかん」

武島は馬の横腹を蹴り、掘割沿いに舟を追い出した。

「待てぇえ」

武島の怒鳴り声がきこえた。

「殿、いかがいたしましょう？」

「爺、無理だ。掘割は江戸湾に続いている。馬で追っても、掘割には入れない。あの浪人者を捕らえることはできまいて」

「さようでござるな」

「それよりも、あの浪人、何を探っておったかだ」

文史郎はひらりと馬から飛び降りた。

赤羽橋の欄干《らんかん》に馬の手綱を結わい付け、掘割を見下ろした。

左衛門も馬から降りて、文史郎の脇に立った。

文史郎は掘割の両岸を丹念に目で追った。

公使一行が中の橋を渡るか、赤羽橋を渡るか、そのどちらでも、襲える方法はあるのか？

襲撃は、用意周到に行なわれる。行き当たりばったりでは、かならず失敗する。そのため、十分な下見と準備が必要なのだ。

橋のどちらかに何かの仕掛けをして、事前に壊したら。

そうか。分かった。

「爺、おぬし、中の橋を調べろ。それがしは、赤羽橋を調べる」

文史郎は欄干を跨ぎ、橋の付け根に降りた。橋桁《はしげた》を伝わり、橋の裏側を調べはじめた。

左衛門が馬を走らせ、中の橋に急ぐのが見えた。

通行人たちが、わいわい騒ぎ、欄干から文史郎のことを見下ろしている。

柱を伝わり、水辺まで降りた。鬱蒼と葦《あし》が繁っている。文史郎に驚いたヨシキリが葦の間から飛び立った。

橋桁の根元に朽ちた舟が半ば沈んでいた。繋がれたまま放置された廃船らしい。

「相談人殿、いかがいたした？」

橋の上から武島の声が降って来た。

「おぬしも、降りて来い」

文史郎は大声で呼んだ。

あった。これに間違いない。

文史郎は半ば朽ちた舟に乗り移った。意外にしっかりと川底に定着している。物は菰《こも》を被《かぶ》せてあった。

川岸の土壁を削るようにして、武島が降りて来た。

「武島、どうだった？」

「逃げられました。相手が舟では……それはいったい何です」

文史郎は菰を引き剝《は》がした。四角い木箱が出てきた。まだ真新しい板木で作られている。

武島が手を延ばそうとした。

「触るな。発破《はっぱ》だ。爆発するぞ」

「な、なんと」

木箱の隅から黒い導火線が出ていた。

「殿おお！」

中の橋の下に降りた左衛門の声がきこえた。

「どうした？」

文史郎は叫び返した。

「発破が仕掛けられています」

「相談人様、ありがとうございます。もし、貴殿たちが、見付けてくれていなかったら……」

武島は唇を噛んだ。

「あやつだ。あやつが仕掛けたんだ」

「武島、急いで発破に詳しい者を呼べ。下手《へた》にいじると爆発し、元も子もなくなる」

「は、はい。では、それがし、失礼して」

武島は急いで、掘割の土壁をよじ登って行った。

文史郎は猪牙舟に乗った着流しの浪人者を思い出した。ぞっとするような、薄気味悪い異形《いぎょう》の顔をしている男だった。月代はなく、ただ髪を後ろに回し、束ねて結っただけの男。

もしや、あの浪人者は、お福たちがいう安兵衛店をうろついていた男ではないのか？

文史郎は、そんな気がしてきた。

八

発破は、どちらも橋を全部吹き飛ばすほどの威力があると分かった。

文史郎は武島や外国奉行の田島から何度も感謝の言葉を受けた。

未然に二つの発破を見付けて除いたものの、公使一行を狙う危機を脱したわけではない。

夜になった。

念のため、二つの橋の袂で、篝火《かがりび》を焚かせ、寝ずの番の警備兵を何人も配置した。

左衛門は玉吉に頼んで、大門と弥生を呼びに行かせた。

明日に備え、警護の人手がほしい。

玉吉の屋根船に乗って、大門と弥生が大瀧道場に戻って来たのは、夜も遅くになってからだった。

「おう、玉吉、重ね重ね、ありがとう。世話になった」

「いえ。これが仕事ですから」

「玉吉、もう一つ頼みがある」

「へい。なんでしょう」

「爺、話してくれ。話が終わったら、夜啼《な》き蕎麦でも食べて帰ってくれ。ご苦労さんだった。爺、あとは頼むぞ」

「はい。玉吉も手下も世話になった。これ駄賃として受け取ってくれ」

左衛門は、玉吉に金子《きんす》を手渡しながら、道場の外に連れ出した。

文史郎は、大門、弥生を道場の見所に集めた。

弥生はうれしそうに報告した。

「文史郎様、信吾は気を取り戻しましたよ。診察に御出でになった幸庵様も、一目診て、もう大丈夫だと太鼓判を捺されていました。しばらくは寝ていなければならないが、あとは、栄養分のある食事を摂って、ゆっくり体力が戻るのを待つ。そうすれば、ひと月もあれば、軀を動かすことができるようになるだろう、と」

「そうか。それはよかった」

文史郎は素直に喜んだ。

大門も付け加えた。

「ほんとうでござる。血色もたった一日でよくなった。ずっとうつらうつらしていましたが、起こせば、食事もよく進みそうです。和尚の奥様や修行僧の方々が信吾の面倒を見てくれるというので、弥生殿もそれがしも安心して抜け出して来た次第です」

「うむ。ご苦労だった」

文史郎は沈んだ声で労《ねぎら》った。

左衛門も、間もなく戻って来た。

弥生が弾んだ声で左衛門に話しかける。

「ねえ。信吾が気を取り戻したんですよ」

「ほんとに、よござんしたな」

左衛門も投げ遣《や》りにいった。

「おふたりとも、いったいどうなさったのですか？　ちっともうれしそうではないですね」

「ほんとだ。あれほど、信吾のことを心配していた殿と爺さんが、いったい、どうしちまったんですかかね」

大門も不審げに首を捻った。

武島からきいた話は、しばらく黙っていることにした。いえば、自分たちが非常に危うい場所に立っているのを、二人に告げることになる。

しかも、信吾の行く末を考えると、これから、どうしたらいいのか、気が重い。

天は自ら救う者を救う、か。

誰からきいたか忘れたが、そんな西洋の格言があった。

人は誰も自ら自分の力で道を切り拓《ひら》いていくしかない。それが天命なのだ。

文史郎は元気を奮い立たせていった。

「それよりも、こちらの様子だ。二人ともきいてくれ」

文史郎は、これまでの経緯を二人に話した。

「公使一行には、武島たち外国御用出役がぴったりと張り付いて警護する。我々は、付かず離れず、遊撃隊として、周辺から警護する」

文史郎は手書きの地図を開いた。

公使一行が馬を走らせるとして、どこが弱点か、左衛門といっしょに考えた箇所に、筆でバツ印を付けた。

バツ印は五カ所。

二つの橋は、なんとか乗り切るとして、残る三カ所が、見回らねばならない危険箇所だ。

「外国御用出役の役所に、四頭の馬が用意してある。明日は、二手に分かれ、馬を駆って主に三カ所の要所を巡る。それも一行の先鋒となって、通り道を押さえて回り、安全を確保する」

「公使一行の通る道は決まっているのですか？」

弥生が訊いた。

「決まっていない。それは一行の警護をする武島が直前に我々に告げる」

「了解」

「しかし、想定では、赤羽橋から直線道路に入り、一気に馬で駆け抜けるつもりだろう。これが、第一の道だ」

「第二の道は？」

大門が訊いた。

「中の橋を渡り、真直ぐに細い武家屋敷の間の道に突進する」

文史郎は地図の上で築地塀の間の道を指でなぞった。

「だが、馬一頭が通るので一杯の道だ。しかも、間を抜けた先は、築地塀の壁にぶつかり、左に折れるか、右に折れ、かなり遠回りをして東海道に出る。あるいは東禅寺の裏手に出る道だ。できれば、これは使いたくない」

「第三の道は？」

「掘割に沿った道を一路、江戸湾をめざして突っ走る。掘割の河口付近で、東海道に出る。そうしたら、品川宿を通って東禅寺まで馬を走らせる。しかし、あまり公道を異人たちが駆け抜けると、住民の反発を呼び、途中で予想のできぬ邪魔が入るかもしれない恐れがある。なにしろ、庶民は異人嫌いだからな」

「確かに。攘夷運動は、日本人の異人嫌いの現れだからな」

大門が溜め息をついた。弥生が頭を振りながら、訊いた。

「これら三つ以外には、ないのですか？」

文史郎はみんなを見回した。

「一応、秘策ありだ」

「秘策だって？」

大門が訝った。

「最後の最後、どうしても、公使一行が危ないとなったら、こうする」

文史郎は、みんなの頭を寄せるようにいった。

文史郎は地図の上に筆を走らせ、小声で秘策を告げた。

大門も弥生も、固唾を呑んで、秘策に聞き入った。

「今夜は、これで解散する。おぬしたちは、明日に備えてゆっくり眠っておいてほしい」

文史郎はみんなを見回しながらいった。

第三話　サムライの道

一

文史郎たちが見守る中、公使代理たち一行が無事接遇所に入った。

一行は、公使代理ジョン・ニール、横浜臨時領事パーク・ジョンソン、女性の書記カレン、日本人通詞三浦三吉《みうらさんきち》の四人。

いずれも、西洋袴に軀にぴっちりした洋装姿で、騎乗していた。

弥生は、いつもの若侍姿の男装だった。女性書記のカレンは一目弥生を見るなり、その凛凛しい勇姿に感嘆の言葉を発した。

接遇所に到着するや、カレンは公使代理に何ごとかいい、金髪を振り乱しながら、弥生の馬に駆け寄った。

「カレンさんは、あなたにとても興味をお持ちです。日本の女サムライを初めて見たと」

通詞の三浦が笑いながら、弥生にいった。

「あなたは、たいへん美しく、素晴らしいと。ぜひ、あなたに警護を頼みたいとおっしゃっています」

カレンは、馬上の弥生に握手の手を差し伸べた。弥生は、はにかみながら礼をいった。

「ありがとう。警護については、あとで相談します」

「あなたのお名前も尋ねておられる。私はカレン、とも。ナイス・ミーチュー、初めまして」

「弥生です。よろしく」

公使代理の声がカレンを呼んだ。カレンは笑いながら、三浦といっしょに接遇所の玄関へ向かった。

「金髪の異人の女も、美形で、なかなかいいものですな」

大門が文史郎の馬に寄せながらいった。

「うむ。人に変わりはないだろう？　どうだ、爺」

文史郎は隣の左衛門に顔を向けた。

左衛門は頭を振った。

「それがしは、やはり大和《やまと》なでしこの弥生の方がいいですな。異人の女子は、香水の薫りがきつい。それに大柄だ。胴も太い、胸もでかい。腰や尻もでかい」

「爺様、しっかりと観察しておられるではないか」

大門がかかかっと笑った。

馬から降りた武島が文史郎の馬に近寄った。

文史郎も馬から降りた。

武島が周囲を見回しながら、小声でいった。

「往路は無事でござったが、問題は帰路でござる。仕掛けた発破を見付けられた以上、敵は遮二無二《しゃにむに》、公使代理一行を狙うでござろう。我らとしては、帰路、堂々と正面突破し、直線道路を東海道まで駆け抜ける所存、貴殿たちには先乗りしていただき、敵を排除願いたい」

「第一の道で帰ると申されるのだな。分かった。しかし、万が一、正面突破できそうにない場合、いかがいたす？」

「何か、策はござるか？」

「ある」

「どのような？」

「それは、我らにお任せ願いたい。いざ、となったら、我らの指示に従ってほしい」

「しかし、事前に心づもりとして、きいておきたいのですが」

「いまは第一の道だ。場合によっては、先に申したように第二、第三の道もある。いま動くとあれだけを頭に入れてあれば、あとは敵に先を読まれぬよう臨機応変《りんきおうへん》にやる。そと、どこに間諜《かんちょう》が潜んで見ているか分からぬのでな」

　文史郎は周囲を見回した。

　いつの間にか人が大勢集まり、遠巻きにして接遇所の出入口を眺めていた。金髪の異人の女がいるというので、目敏《ざと》く集まって来た野次馬たちだ。

「さあ、帰った帰った」「立ち止まるな」

　警備の者たちが杖を手に野次馬たちを追い払おうとしているが、少しは移動するものの、一目見ようと一向に帰る気配はない。

　ほとんどは町人や行商人、風来坊に、子供たちだが、中には浪人風情の侍もいる。

「相談人、分かり申した。ところで、公使代理からの名指しの要請がありましてな。弥生殿をカレンさんの身辺警護に付けてほしい、というのですが、お願いできますか？」

「弥生、いかがいたす？　カレン付きの警護をやってくれるか？」

文史郎は馬上の弥生を見た。弥生は笑いながらうなずいた。

「それがしでよければ」

「では、帰路は武島殿の警護隊に付け」

「はい。喜んで」

弥生は元気よく返事をした。文史郎は武島に訊いた。

「会談の終わる時刻は、分かるか？」

「おおよそ一刻（二時間）後でござる」

「分かった。では、我らも準備しよう」

「よろしう、お願いいたす」

武島は頭を下げた。

文史郎は再び馬上の人となった。

左衛門、大門、弥生が文史郎の周りに集まった。

「これから手分けして物見《ものみ》を行なう。第一の道は、それがしが見る。第二の道は爺、第三の道は大門。弥生は接遇所に待機し、物見の報告を集約しろ」

弥生が口を尖らせた。

「殿、それがしも物見に出たいのですが」

「だめだ。物見をするには、弥生は綺麗なので目立ち過ぎる。野次馬たちを引き連れては物見ができぬ」

「そんなことはない、と思うのですが」

「弥生殿、ここは殿に従いなさい」

左衛門が笑いながら諫《いさ》めた。弥生は不承不承《ふしょうぶしょう》だが、うなずいた。

「では、行くぞ。少しでも異状を感じたら、引き返し、弥生に報告。弥生は報告をもとに、武島殿とどの道を使うか相談しろ。いいな」

文史郎は鐙《あぶみ》で「春風」の両腹を蹴った。

「春風」は砂利を蹴って走り出した。

左衛門も大門も馬を走らせるのが見えた。

三騎はそれぞれの道に走って行く。

文史郎は馬の首を赤羽橋に向けた。

赤羽橋の袂には、警備の侍たちが立ち、厳重に警戒していた。警備の侍たちは、文史郎が馬を馳せて近付くと、敬礼した。

文史郎は馬の足を緩め、丸く弧を描く木橋を慎重に渡った。

有馬邸の塀に沿って、真直ぐに道が伸びている。

文史郎は、まず馬を疾駆させた。一気に道を駆ける。

砂利を蹴散らして愛馬「春風」は突進した。道を行く人々が慌てて飛び退き、文史郎に道を譲った。

有馬邸の築地塀が終わるまでは、左右の道端の見通しはよく、人だかりもない。不審な気配もない。

築地塀が終わった第一の辻を駆け抜ける。左右に不審な動きなし。

続いて、二番目の辻。ここも異状なし。

三つ目の辻に差しかかった。右手に稲荷神社の鳥居と境内がある。駆け抜けるとき、慌てて鳥居に隠れる人影があった。要注意だ。

四つ目の辻。荷車二台と数人の人影を見た。

中間小者の風体の男たちが、駆ける文史郎を見ていた。

五つ目の辻。人影も何もなし。

六つ目の路地も異状なし。

馬は広い街道に走り込んだ。東海道だ。

街道は行商人や旅人で賑わっていた。伊勢詣《いせもう》でや箱根詣《はこね》での巡礼姿の人たち、武家の夫婦、旅芸人一座、さまざまな人たちが往来している。

広い街道に出れば、公使館の東禅寺まで一走りだ。

文史郎は馬の首を返した。いま駆け抜けたばかりの一本道に馬の鼻面を向けた。

「春風」の鼻息は荒い。首筋を撫で、馬を落ち着かせた。

「もう一走り行くぞ」

再度、愛馬「春風」の腹を蹴った。

馬は、いったん後ろ肢立ちになった。前肢を下ろすと、勢いよく駆け出した。

六つ目、五つ目の辻は、人気《ひとけ》なく異状なし。

四つ目の辻に差しかかった。

二台だった荷車に、さらに二台の荷車が加わっていた。数人の人影が、文史郎の騎馬に、急いで身を隠す。

さらに三つ目の辻に差しかかる。稲荷神社の境内に屯《たむろ》した人影が慌てて社《やしろ》の陰に走り込むのが見えた。

文史郎は無視して、そのまま馬を駆ける。

二つ目の辻、一つ目の辻、ともに異状なし。

いや、一つ目の辻に人影があった。有馬邸の築地塀の陰に、見張りの侍が張り付いている。

文史郎は、そのまま馬を走らせ、赤羽橋に戻った。大門の乗った馬が掘割沿いの道をゆっくりと戻って来るのが見えた。

文史郎は赤羽橋をゆっくりと越え、接遇所へ向かった。あとから大門がついて来る。

中の橋から左衛門の馬がやって来た。

文史郎は接遇所の玄関先で馬を降りた。手綱を柵に括《くく》り付けた。

警備の侍たちが文史郎たちを出迎えた。

文史郎は接遇所に足を進めた。

「どうでした?」

弥生が控え所から顔を出した。

「第一の道は、異状ありだ。やつらの待ち伏せの方法が分かった」

「敵はどうするつもりです?」

文史郎は卓上に地図を拡げた。

左衛門と大門も控え所に入って来た。

「やつらは、三つ目の辻と四つ目の辻に張り込んでいる。四つ目の辻に三、四台の荷車が用意されてあった。一行が第一の道を行くようだったら、四つ目の辻で、荷車を出して道路を封鎖するつもりだ」

文史郎は四つ目の辻を指で差した。

「そして、三つ目の辻にある稲荷神社から刺客団が飛び出し、一行を前後から挟み撃ちするつもりだ」

文史郎は三つ目と四つ目の辻の間を拳で叩いた。

弥生が左衛門に訊いた。

「第二の道の様子は、いかがです？」

「やはり、荷車が用意されている。こちらの荷車には肥え樽が積まれていた。一行が、こちらの道を選んだら、肥え樽を倒し、一行を立ち止まらせるつもりなのだろう。それがしを見たら、慌てて隠れようとする連中がいた」

「第三の道にも、辻に何台もの荷車が用意されていた。こちらも、一行を荷車で止めるつもりだ。しかも、片側は掘割。一方は築地塀だ。前後を封鎖されたら、逃げ場なしになる」

武島が渋い顔で控え所に入って来た。

「いかがでござった?」

「いずれの道も、待ち伏せの用意がされている。特に第二の道は臭そうだ」

「臭いですと?」

「肥え樽が用意されている」

「なんてことだ」

「第三の道は、下手《へた》をすれば掘割に飛び込まねばならぬ」

「それはいかん。公使代理を水に飛び込ませるわけにはいかない。すると、やはり第一の道を行くしかない、ということですな」

文史郎は、左衛門、大門と顔を見合った。

「秘策で行くことにする」

「秘策ですと?」

武島は訝った。文史郎はうなずいた。

「うむ。武島、腕が立つ者を何人か貸してくれ。手勢がほしい」

「手勢ですか。何をやるのです?」

「第一の道を強行突破するためだ」

「でも、いま秘策をやるとおっしゃった」

「その秘策をするためには、第一の道を強行突破するという陽動作戦が必要なのだ」

「……分かりました。おい、沢井《さわい》、近藤《こんどう》、増田《ますだ》、中村《なかむら》」

武島は配下の侍たちを見回し、四人を指名した。

四人の若侍が集合した。

「おぬしら、四人は大館様の指揮下に入れ」

「はいッ」

四人は声を揃えて返事をした。

「こやつら、講武所の四羽烏《よんばがらす》といわれる剣の遣い手です」

「よろしく、お願いします」

四人は元気よく文史郎と大門、左衛門に頭を下げた。

「爺、用意はいいだろうな」

「もちろんです。用意万端整っています。あとは、殿の合図次第でござる」

「ならば、行け」

「では、お先に」

左衛門は頰を崩してにっと笑い、控え所から出て行った。武島が小声で訊いた。

「相談人、いったい、どうするのです」

「実はな」

文史郎は声をひそめて、武島に話した。

「なるほど。それはおもしろい」

武島は愁眉《しゅうび》を開いた。

「あとは任せろ。ともかく、まず、それがしと大門は四人を率いて、第一の道の強行突破を試みる。そうしないと、やつらが、わしらの策に引っかからないのでな」

文史郎は武島や大門、弥生と顔を見合わせ、笑った。

二

会談が終わったという知らせが入った。

会談をしていた広間から、明るい談笑の声がきこえてくる。

間もなく公使代理たちが接遇所を出る。

文史郎たちは、全員、白襷掛けし、白い鉢巻きをした。

「参るぞ」

文史郎たちは、一斉に外に駆け出した。

弥生も白襷掛けになり、白鉢巻き姿になっている。

武島も下緒《さげお》で襷掛けし、頭に白鉢巻きをしている。

文史郎は愛馬「春風」に跨がった。大門も馬に乗った。

四人の若侍たちも、それぞれ馬に跨がる。

「行くぞ」

文史郎は先頭を切って馬を駆り、赤羽橋に向かった。

接遇所の前の広場には、野次馬が集まり出していた。

二列縦隊で騎馬隊は進んだ。

野次馬たちがぞろぞろと続いた。

赤羽橋を渡り切ると、文史郎は大門と四羽鳥を振り向いた。

「無理に敵陣を突破するな。騒ぐだけ騒ぎ、敵の注意を引き付ける。いいな」

「はい」

「二人ずつ組んで行動しろ。大門はそれがしといっしょだ」

「了解」

接遇所の前に、公使代理たちの姿が見えた。公使代理たちも一斉に乗馬した。警護の武島が大声で配下の者たちに指示を与えている。

出発準備完了。

武島の手が上がった。弥生も準備よしという合図をした。

文史郎は手を上げて、作戦開始の合図をした。

「よし、行くぞ。拙者に続け」

文史郎は「春風」の腹を蹴った。馬は先頭を切って走り出した。見物していた野次馬が左右に散った。

文史郎を先頭に、六騎の騎馬隊は一本道を突進した。

道の先の方で、人影が右往左往しはじめた。

怒声が上がり、前方で荷車が押し出されるのが見えた。

一つ目の路地から飛び出した侍が稲荷神社に駆け出して行く。

案の定だ。

侍を追い抜き、二つ目の辻も越える。

三つ目の辻に差しかかった。稲荷神社の境内に十数人が身を屈めて潜んでいる。予想通りだ。

三つ目の辻を駆け抜け、四つ目の辻に差しかかった。

荷馬車に取り付いた人影が目に入った。

人影はじっとして動かない。文史郎たち先鋒をやり過ごし、本隊の公使代理一行が来るのを待ち受けるつもりなのだ。

「止まれ！」

文史郎は片手を上げ、手綱を引いた。「春風」が急停止した。鼻息荒くいななく。

続く大門たちもつぎつぎ馬を止めた。

文史郎は腰の刀を抜いた。

「かかれ！」

文史郎は路地に馬を駆け込ませた。

荷車に取り付いていた男たちが、慌てて逃げはじめた。

文史郎は馬で男たちを脅かし、刀を振るった。

大門は手にした心張り棒を振り回し、逃げる男たちを叩き伏せる。

男たちも脇差や棒を振るい、応戦しはじめた。

沢井、近藤、増田、中村の四人も、馬上で刀を振るい、男たちを追い回している。

「殿、加勢が」

大門が馬を返して、怒鳴った。

一つ手前の稲荷神社の境内から、七、八人の侍たちが抜刀して、加勢に駆け付ける。

「よし。こやつらは、おまえたち四羽烏に任せたぞ」

文史郎は怒鳴り、馬の首を駆けてくる新手《あらて》の侍たちに向けた。

大門は馬から飛び降り、駆けて来た侍たちと打ち合いはじめた。

文史郎は一気に殺到した侍たちを蹴散らし、稲荷神社の境内に突進した。

あとから来るはずの公使代理一行を待ち伏せようと待機していた侍たちは、文史郎の突進を見て慌てた。

続いて大門が棒をぶんぶんと振るいながら駆けて来る。

文史郎は馬から飛び降りた。

たちまち、侍たちの一人が斬りかかった。

文史郎は峰打ちで若侍の腕を叩き折った。

まだ将来がある若侍を斬るのは忍びない。

若侍は折られた腕を抱えて、蹲《うずくま》る。

文史郎は周囲を若侍たちに囲まれた。

いずれも、元服したての若者たちだ。一斉に抜刀した刀を文史郎に向けた。

殺気が満ち満ちている。

「おぬしら、引け。おぬしらの目論見《もくろみ》は、お見通しだ。悪いことはいわぬ。今日はあきらめて引け」

「なにを、黙れ」

キエエイ。

左右から二人が裂帛の気合いもろとも、文史郎に斬りかかった。

文史郎は一瞬にして、二人の胴と腕を叩き払った。二人の若侍は悲鳴を上げて、転がった。

「殿、大丈夫ですか」

大門が傍らに駆け寄った。

大門の後ろには、打ちのめされた侍たちが道端に蹲っていた。

また前後左右から、文史郎と大門に四、五人がいっぺんに斬りかかる。

文史郎と大門は、踊るように身を翻し、五人の侍を叩き倒した。

「ご加勢いたす！」

荷車組の男たちを追い払った四羽烏が馬を返し、稲荷神社へ駆けて来た。

すでに神社の境内には、負傷した若侍たちがごろごろと転がっていた。

残るは三、四人になっている。

若侍たちの頭《かしら》が叫んだ。

「おのれ、加勢を呼べ。加勢を」

呼子が鳴り響いた。仲間に急を告げる合図だ。

四羽烏も駆け付け、つぎつぎに下馬して、文史郎の周りに集まった。

あちらこちらの路地から、新手の侍たちが出て来た。

文史郎たちは、円陣を組み、四方八方の敵に備えた。

周囲を新手の四、五十人の侍や浪人たちが取り囲んだ。いずれも抜刀し、殺気を放っている。

文史郎は、相手にもきこえるように怒鳴るようにいった。

「各々、斬りかかる者には容赦するな。峰打ちはやめだ。今後は真剣でお相手いたす」

文史郎は、ゆっくりと刀を返した。

「待て。こやつ、おぬしらの相手ではない」

社《やしろ》の陰から、痩せた体付きの浪人者がふらりと現れた。黒い小袖を着流している。

顔は頬がこけ、異様に目付きが鋭い、かまきりを思わせる風貌の浪人だった。昨日、猪牙舟で逃げ去った浪人者だ。

「先生、申し訳ありません」

若侍の一人が叫ぶように謝った。

文史郎は刀の切っ先を浪人者に向けた。

「ようやく現れたか。待っていた」

「皆、こやつは、拙者に任せ、いまのうちに攘夷を果たせ」

侍たちの頭らしい男が怒鳴った。

「きいたか。ここは先生たちに任せ、自分の配置に戻れ。公使一味を絶対に討ち取るんだ」

その声を合図に、寄せていた侍たちが、三々五々散りはじめた。

「さあ、剣客相談人、私が相手だ」

異形《いぎょう》の浪人者は腰の刀を抜いた。右下段に構えた。

「それがしを、相談人と知っておるのだな」

「うむ。存じておる。若月丹波守清胤改め大館文史郎。遣う剣の流派は心形刀流《しんぎょうとうりゅう》」

「おぬしの名と流派をきこう」

「よかろう。私の名は川北厳斎。直心影流《じきしんかげりゅう》。いいか、ほかの者は手を出すな。私と剣客相談人の一騎討ちの勝負だ」

川北厳斎は、下段の刀をゆっくりと中段に上げ、相青眼《あいせいがん》に構えた。

強い。どっしりとして動かない。

厳斎の構えは、巨大な岩壁だった。

文史郎は、久しぶりに手強《てごわ》い相手に出会ったのを感じた。

大門も感じ取ったらしく、文史郎と厳斎からじりじりと退き、間を空けた。

周囲を囲んだ侍たちは息を詰めて、文史郎と厳斎の対決を見守っていた。

集まってきた野次馬たちも固唾を呑んで見物している。

向き合ったまま、時間だけが流れた。

文史郎は心を無にした。目を敢えて閉じ、心眼《しんがん》を開いた。躯が自然に動き、刀を下段に引き、刃を上に返す。

心形刀流秘剣引《ひ》き潮《しお》の構えだ。

厳斎は、その動きに合わせるかのように、剣を横に構えた。

また時間が刻々と経っていく。

文史郎はじりじりと間合いを詰めはじめた。

勝負は一瞬で決まる。

下段にした刀を引き潮のごとく、刃先を地の上に這わせて後ろに引く。あとは寄せる大波のごとく……。

「待てえ」

馬蹄の響きがきこえた。

「文史郎様ああ」

弥生の声が響いた。

剣の気が削がれた。相手厳斎も気が失せた。

馬が走り込み　弥生が馬から飛び降りた。

「文史郎様、うまくいきました」

「そうか。よし」

相手の厳斎にも、一人の男が走り込み、耳打ちした。

「文史郎、おぬしらにやられたな。こうしている間に、公使代理一行には、まんまと逃げられた」

「なに、ほんとうか」

頭《かしら》らしい侍が周囲を見回した。

「逃げただと」

周囲の侍たちに、さざ波のようなざわめきが広がった。

「文史郎、今日の勝負は、次の機会までお預けにしよう」

巌斎は刀を引き、鞘に納めた。

「皆の者、火盗改たちが大挙してこちらに駆け付けてくる。引き揚げだ」

巌斎の言葉に「撤収」という号令が起こった。

侍たちは、怪我をした仲間たちを抱え起こし、一斉に引き揚げはじめた。

四羽鳥たちが、追おうとした。

「引け。無用な殺生はするな」

文史郎は叫んだ。

「相談人殿、公使代理たちは無事ですか？」

「公使代理たちは、いかがなさったのです？」

沢井や中村が口々に文史郎に訊いた。

「こうして、彼らの注意を集めておる間に、掘割で屋根船に乗せて、無事逃れさせた」

「船に乗り換えたのですか」

四羽鳥は互いに顔を見合わせた。

「いまごろは、公使代理一行は江戸湾に出て、品川湊《しながわみなと》に向かっているはずだ」

文史郎は弥生、大門と笑い合った。

こうなる事態を想定し、左衛門は玉吉に屋根船を掘割の中の橋の船着き場に待機させ、どさくさに紛れて公使代理たち四人を乗せ、脱出させたのだった。当然、武島たちが警護にあたっている。

「では、文史郎様、我れらも品川湊へ公使代理一行の無事を確かめるため、出迎えに行きましょう」

弥生は馬の手綱を引いていった。

大門は四羽烏に命じた。

「馬を集めろ。みんなで品川湊まで駆けるぞ」

「おう」

四羽烏の沢村たちは、近くで草を食《は》んでいる馬たちを集めに散った。

三

あれから一月《ひとつき》が経った。

梅雨は明け、灼熱の夏になった。

文史郎は左衛門を連れ、浄明寺に信吾を見舞った。

浄明寺には、弥生と大門、左衛門が交替で、暇を見付けては通い、信吾の養生の面倒を見た。

信吾は長屋に転がり込んだころとは見違えるほど日増しに元気になった。

幸庵がもう大丈夫と太鼓判を捺してから、ようやく軀を動かしはじめ、いまでは木刀を振るうまで恢復した。

信吾は礼儀正しく、文史郎をはじめ、大門、左衛門、弥生のいうことを素直にきいて従っていた。

だが、あいかわらず信吾は誰にも心を開かず、まったく自分のことは話さずにいた。親や兄弟姉妹、友人や知人についても、一言も話さない。

それは、まるでこれまでの自分を消し去って、別な人間に生まれ変わろうとでもしているかのようだった。

文史郎も、かつて少年時代、己が大嫌いで、すべて己のことを消し去りたいと思ったことがある。

文史郎の場合、それが何故、そうなったのかは、いまとなっては詳しく思い出せない。だが、よく覚えてはいないのだが、初めて好きになった娘に関係があるような気がしている。

好きになった娘と、何ごとかあったわけではない。たしか、二つ三つ年下の楚々《そそ》とした麗《うるわ》しい娘だった。その娘を遠くから、ただ見ているだけで、文のやりとりもないし、あいさつの言葉さえ交わしたことがなかった。

その娘は下士《かし》の家の娘で、初めて見初《みそ》めたのは、たしか在所《ざいしょ》の夏祭りの盆踊りだった。

文史郎は、上士《じょうし》の子弟の仲間と連《つる》んで、下士の不良や町家の荒くれ連中と喧嘩をしたり、町外れにある花街をうろついたりして、遊んでいた。そんな、ある夏の日、夏祭りの盆踊りで、その娘が美しく踊る姿を見たのだった。

大勢の踊り手の中で、その娘だけしか、目に入らなかった。境内の松の木の陰から、その娘をじっと眺め、目の奥に焼き付けた。

それ以来、上士の仲間たちと連んで遊ぶのをやめた。道場で剣術の稽古に励み、兄の勧める漢籍を読んだ。しかし、何をしていても、その娘の姿が、笑みが頭から離れなかった。

それから、何があったのだろう？

そうだ。

その娘がお嫁に行ったときいたのだ。それも、何十も歳上の家老の後妻として。

噂では、そのお陰もあって、娘の家は下士から家格が上がり、上士の仲間入りをし、扶持もそれに見合う石高になった。

それから、間もなく娘は身籠《みごも》り、男の子を産んだものの亡くなった。家老は冷たい男で、男の子は嫡子にしたものの、娘の家の面倒はみなくなった。

娘の親兄弟たちは、下士の身分のまま打ち棄てられた。怒った娘の親兄弟は、家老の家に押しかけ、押し問答になった末、刃傷沙汰《にんじょうざた》になった。娘の親兄弟は、先に刀を抜いて斬りかかったということで斬首となった。娘の家は断絶となり、遺族は藩から追放された。

文史郎が、人と口を利かなくなったのは、それからだった。

あの娘のために、何もできなかった己が情けなかった。腑甲斐《ふがい》ない己が嫌いになった。

三男坊として生まれたため、世継ぎにもなれず、居候のような部屋詰み生活を送るしかなく、将来、養子にでもなって他家に入るしか生きる道がない人生に早くも絶望していたのだ。

何の希望もなく、先がまったく見えない毎日を呪い、家には居所もない己の悲運を嘆いていた。

どうして、あのころ、一人前のおとなにもなっていないのに、生き急ぎ、早くも人生に絶望していたのだろうか？

焦らなくてもいいのに。いくらあがいても、人生はなるようにしかならない。日々荏苒《ひびじんぜん》。

そう思うのは、己が少年の純粋さを失った、すれっからしのおとなに成り下がったからなのか？

「殿、何をぶつぶつ独り言を呟いておられるのか？」

左衛門の声に、文史郎は我に返った。

境内は蟬時雨に沸き返っていた。

楓《かえで》の木陰で、信吾が一心不乱に木刀を振るっている。

木刀が空を切る音がきこえた。

「文史郎様、信吾はだいぶ恢復したでしょう？」

いつの間にか弥生が傍らに立っていた。弥生は稽古着姿だった。

「うむ。だが、あまり無理をしない方がいい。傷口が開く恐れがある」

「でも、一日中、塞ぎ込んで、じっとしているよりは、少しでも躯を動かした方がいいかと思って」

左衛門が弥生にいった。

「そうでござる。若者は軀を動かせば、憂さなど吹き飛んでしまうものですぞ。あの元気なら、傷口が開いても平気でござろうて」

足を前に踏み出し、木刀を振り下ろす。引いて下がりながら、また木刀を振り下ろす。前に出て木刀を振り下ろす。引きながらまた振り下ろす。そのくりかえし。

文史郎は信吾の滑らかな軀の動きに目を凝らした。

滑らかな動きで、いい振りをしている。

武島は前髪の少年を斬ったといっていた。

その少年の打突はあまりに素早く鋭かったため、武島は刀を返す間もなかったといっていた。

やはり、武島が斬った少年とは、信吾だったのではあるまいか。それとも、ほかにも前髪を付けた少年がいたのだろうか？

信吾でなかったとしたら、襲った集団の中に、もう一人少年剣士がいたことになる。

その少年も斬られて重傷を負っていたに違いない。

キエエイ！

裂帛の気合いを放ち、木刀を振り下ろし、素振りをやめた。

信吾は木刀を静かに脇に納め、目に見えぬ稽古相手に一礼した。それから、向きを変え、文史郎たちの方に、背筋を伸ばしたまま、腰を折り、再度一礼した。

「うむ」

文史郎は思わずうなずいた。

話しかけようとしたが、信吾はその間《ま》も与えず、文史郎たちに背を向けて歩き出していた。背中が文史郎たちを拒《こば》んでいる。

弥生が文史郎にいった。

「それがしが、声をかけてみます。なんとか信吾の心を開かせます」

「うむ。頼む」

弥生は小走りに信吾を追った。

信吾はすたすたと僧坊に向かって歩く。

「信吾、お待ちなさい」

弥生が声をかけたが、信吾の足は止まらない。

「お待ちなさい」

弥生の強い声が信吾の背を襲った。

信吾の歩が止まった。しかし、依然、背を向けたままだった。

弥生は信吾の傍らに進み、何ごとか話しかけた。信吾は黙って頭を下げてきいている。

やがて、信吾はうなずいた。

「…………」

信吾は弥生の顔も見ず、何ごとか答えた。そして、また頭を下げ、歩き出した。

弥生は、今度は追わず黙って信吾を見送った。

振り向いた弥生は、文史郎と左衛門に、大丈夫でした、と口だけを動かしていった。

「ほう。信吾はやっと口を利く気になったか。弥生はなんと申したのかのう」

「やはり、男は女子に弱いのではありませぬか？」

左衛門が笑った。

「お、大門が」

僧坊の裏から、襷掛けをした大門の姿が現れた。手に鉞《まさかり》を下げている。薪割りをしていたらしい。

「…………」

大門は信吾の前に立った。信吾は足を止めた。

「…………」

大門は返事もきかず、信吾に鉞を手渡した。信吾は木刀を大門に渡した。

大門はくるりと背を向け、僧坊の裏手へ歩き出した。信吾は一瞬、迷った様子だったが、大門のあとに続いた。

二人は僧坊の裏に消えた。

弥生が首を傾げていたが、二人のあとを追い、僧坊の裏手に消えた。

「殿、行ってみましょう」

「うむ」

歩きはじめて間もなく、薪を割る甲高い快音がきこえはじめた。

「ほう」

文史郎は左衛門と顔を見合わせた。

二人は急いで、大門たちが消えた僧坊の裏手に回った。

切り株の上に載せた薪に、鉞を振り下ろす信吾の姿があった。

「……しっかり、腰を入れろ。腰が据《す》わっておらんぞ」

大門の叱咤がきこえた。

「はいっ」

信吾は勢いよく丸木の薪に鉞を打ち込んだ。

薪は快音を立てて、二つに割れた。

「よし。その調子だ」

「はいっ」

信吾の顔に笑みがあった。

大門が切り株の上に新たな薪を据えた。

弥生が大門の傍らで優しい眼差しで、信吾を見つめていた。

いい傾向だ。すぐには無理としても、信吾の心は開きはじめていると見た。

「爺、あの二人に信吾は任せよう」

「そうでございますな」

左衛門は大きくうなずいた。

四

夕立が上がり、明るい陽光が安兵衛店の路地に差し込んだ。

文史郎は雨上がりの空を仰いだ。

天空に七色の虹の橋が架かっていた。

吉兆か？

一時の雨降りで、涼しい風が長屋に吹き込んでくる。

文史郎は下駄を突っ掛けて、長屋を出た。

左衛門は口入れ屋の権兵衛のところに出掛けている。

通りに出ようとしたところで、厳《いかめ》しい格好の男たちが文史郎を取り囲んだ。暑い夏なのに、いずれも黒羽織裁着袴姿の侍たちだった。

一目で火付盗賊改めの役人だと分かる。

見覚えのある北岡がずずっと文史郎の前に出た。

「相談人、与力頭がお待ちだ。ご同行願いたい」

「同行だと？　どこへ連れて行くのだ」

「矢部様は、この先の茶屋で涼んでおられる」

北岡は不快そうにいった。

「この先の茶屋と申すと、掘割沿いにある『菊《きく》や』か」

「さよう。『菊や』でお待ちだ」

文史郎は北岡たちに前後左右を挟まれ、連行された。

茶屋の『菊や』は、昼すぎとあって、客の姿は少なかった。

「いらっしゃいませ。お久しぶりですね、お殿様」

顔見知りの女将《おかみ》は、にこやかな笑みを浮かべながら、文史郎を迎えた。

北岡は思わぬ女将の態度に一瞬ひるんだ。

「お殿様、お二階でお客様がお待ちになられていますよ」

「うむ」

「お腰のもの、お預かりいたします」

「うむ」

文史郎は腰の大小を女将に預けた。

女将は大小を抱え、文史郎を、すぐに二階の座敷へと案内した。文史郎の後ろから、お茶の盆を持った女中が続いた。あとから北岡たちも慌ただしく階段を登る。

女将は座敷の一つに文史郎を案内した。

「こちらで、お待ちになられておられます」

矢部透馬は開いた窓の敷居《しきい》に腰を下ろし、涼んでいた。

「頭、相談人をお連れしました」

北岡は座敷の前の廊下に正座していった。

二階は窓を全開にしてあるので、風通しがいい。掘割の水面を渡る、ひんやりとした涼風が座敷を抜ける。

　矢部はすぐに畳に座り、文史郎を上座に座らせ、自分は下座に座った。

　女将は床の間の刀架けに大小を掛けた。すでに矢部の刀が掛けてある。

「お茶にございます」

　女中が湯呑み茶碗を載せた盆を文史郎と矢部の前に置いた。

「相談人殿、突然御呼び立てし申し訳ない」

「…………」

　北岡たちは、矢部の文史郎に対する恭順な態度に、互いに顔を見合わせた。

　矢部はじろりと鋭い目付きで部下たちを見回した。

「北岡、おまえたち、殿をお連れする際、失礼な真似はせんだったろうな」

「は、はい」

　北岡はおろおろした。

「相談人殿、こやつら、ほんとうに貴殿に失礼なことをしなかったでしょうな」

「うむ。何もしておらなんだ。そうだな、な、北岡殿」

「は、はい」

　北岡はどぎまぎしながらうなずいた。

「相談人殿、まだ明るいうちだが、一献いかがでござるか?」

矢部は盃を口に運ぶ真似をした。

酒か。

酒を飲み交わして、胸襟《きょうきん》を開こうというのだ。

矢部は文史郎が拒まないと見ると、女将にいった。

「女将、あい済まぬが、ちと冷酒《ひやざけ》と肴《さかな》を用意しくれぬか」

「はい、畏《かしこ》まりました。ただいまお持ちいたします」

女将はそそくさと階下に降りて行った。

「それで、それがしに何用でござるかな?」

矢部はじろりと北岡たちを睨んだ。

「……これ、北岡たち席を外せ。これからは、相談人殿と内密な話がある」

「は、はい。失礼いたしました」

北岡たちは、矢部と文史郎に頭を下げ、急いで引き揚げて行った。

「いやはや、まったく気が利かない、なんとも不作法な者たちでしてな」

矢部は茶を啜り、さりげなくいった。

「相談人殿、長屋に逃げ込んだ若侍は、いかがいたしておりますか? そろそろ怪我が癒え、元気になりましたでしょうな」

「おぬし、存じておるのだろう？」

「いえ。正確には知りません。しかし、相談人殿も、ようやく逃げ込んだ若侍のことを認めましたな」

矢部はにやりと笑った。文史郎は訊いた。

「では、火盗改は、まだあの少年を追っておるのだな？」

「一応、我らの役目でござるので、探索は続けております」

矢部は、空いた湯呑み茶碗を盆に戻した。

「ところで、おききしましたところ、相談人殿たちは、外国奉行の下の外国御用出役のお仕事をお引き受けなさっておられるそうで」

「さよう。外国御用出役を受ける者が少ないとかで、正式な組が編成されるまで、それがしたちが助勢いたす約束でござる」

「存じております。講武所の若侍たちの中から腕が立つ者たち三百人ほどを選抜して、異人警護のための出役、別手組を編成いたすそうですな」

「それがしたちも、そうきいておる」

「皮肉なものですな。相談人殿は一方で異人警護のお役目を引き受けておりながら、他方で異人襲撃に加担した攘夷派の若侍を匿っておられる」

矢部はじっと文史郎を見つめた。文史郎も茶を啜りながらいった。

「窮鳥懐に入ればなんとやら、ということで、攘夷派を支援しているわけではない」

「しかし、結果的には攘夷派の人斬りを匿ったことに変わりはない」

「だから、どうだというのだ」

文史郎と矢部の間に火花が散った。

階段に足音が響いた。

女将と女中が酒と肴を載せた膳を運んで来た。

「お待ち遠さま。では、一献」

女将は文史郎の盃に酒を注いだ。ついで、矢部の盃に酒を注いだ。

「では、ごゆるりと」

女将と女中は気を利かせて、階下に降りて行った。

「正直申しまして、心情的には、それがしも攘夷。夷狄にあまり好意が持てない。火盗改の役目がら、異人たちに斬り付けた者たちを許すわけにいかず、捕縛しようとしたまででござる」

矢部は盃の酒を舐めるように啜った。

文史郎も盃を口に運びながらいった。

「ほほう、おぬしも、心情的には攘夷派だと申されるか」

「信じられないでしょうが、そうなのです。ただし、我らはあくまで幕臣。攘夷を口実に討幕をめざす長州藩士らとは立場も考え方も違う。さ、どうぞ」

矢部は銚子を持ち、文史郎の盃に酒を注いだ。ついで、自分の盃にも酒を注ぐ。

矢部はくいっと盃をあおって酒を飲んだ。

「いかがでしょう。匿っておられる若侍の身柄、黙って我らに渡してくださらぬか」

「断ると申したら、いかがいたす？」

文史郎も盃をあおった。冷酒が胃に重く下りていく。

「ま、そうおっしゃらずに」

矢部は銚子を持ち、文史郎の盃になみなみと注いだ。

「なぜ、あの少年に固執いたすのだ？」

「少年ですか。少年でもいいが、あの若侍をはじめとする攘夷派暗殺団の首領の隠れ家が知りたいのでござる」

「その首領とは？」

「相談人殿は、ほんとうに御存知ないのか？」

「知らぬ。誰だというのだ？」

「長州浪人川北厳斎。直心影流の遣い手だ。あの若侍をはじめとする有為の若者を集め、暗殺団を作って、江戸を騒乱の渦に巻き込み、討幕のさきがけにならんとしておる」

文史郎は盃を運ぶ手を止めた。

「あの浪人者か」

「やはり、存じておるのだろう？」

「先日、一度、立ち合った。確かに凄腕の剣客だった。おぬしたちが駆け付けたので、立ち合いは中断され、やつはどこかへ逃げ去った」

「……あのイギリス公使代理一行が襲われたときのことでござるな。確かに、急をきいて、現場に駆け付けたが、待ち伏せをかけた刺客団は皆いなかったな」

「そうであろう？　あのとき、それがしは川北厳斎と名乗った浪人者に初めて見参した」

「これまでの異人斬りの下手人たちは、川北厳斎の手の者だと見ている」

「あの少年は、その川北厳斎の手下だというのか？」

「あのとき、捕縛したほかの若者が白状した。あの赤井信吾は、川北厳斎が最も力を入れて鍛えていた刺客だ。ただの少年ではない」

「……ほかに捕縛した若者がいるのか？」

「うむ」

「その者が白状したのだろう？　どこに隠れ家があるかも分かったのだろう？」

「うむ。だが、我らが隠れ家を襲ったときには、すでにもぬけの殻《から》だった」

「その若者は、どうした？」

「どうしたって？」矢部は顔をしかめた。

「責めたのであろう？」

火付盗賊改めは、捕縛した者を苛酷な拷問にかける。その苛斂誅求《かれんちゅうきゅう》な拷問に耐えて生きて出て来た者はいないといわれる。

「……やむを得ない。敵は暗殺団だ」

「死んだのか？」

「素直に吐けば、いいものを。馬鹿なやつだ」

矢部はぐいっと盃をあおった。

文史郎も盃を空にし、膳の上に伏せた。

「やはり、信吾はおぬしに渡せないな」

「……どうしてもか？」

「どうしてもだ。信吾は渡さぬ」

「我ら火盗改を敵に回しても、か？」

「しかり。刀にかけても信吾は渡さぬ」

「なぜ、そんなに、あの少年にこだわるのだ？　何かわけがあるのだろう？」

「もし、おぬしに渡せば、あの少年は責めにかけられ死ぬだろう。それと分かっていながら渡すわけにはいかぬ」

矢部はじっと文史郎を睨んだ。文史郎も睨み返した。

二人とも刀は床の間の刀架けに掛けてある。

どちらが先に刀を取ることができるかの勝負だ。

文史郎の方が床の間を背にしている分、早く刀を手に取ることができる。

だが、膳をひっくり返して文史郎よりも先に刀に飛び付くこともできないことではない。

文史郎は矢部の動きを警戒した。

やがて、矢部が力を抜き、にやっと笑った。

「……仕方ない。物別れだな。我らは勝手に捜すが、いいな」

「あの少年は、これからの日本のために有為な若者だ。きっと将来の日本を背負って立つ。死なせるわけにはいかぬ。見逃せぬか？」

矢部は頭を振った。

「……正直にいおう。拙者とて無下《むげ》に若者の命を取るような真似はしたくない。だから、頼みがある。きいてくれるか？」

「きけるものならば」

「信吾の口から川北厳斎の居場所を聞き出してくれぬか。そうすれば、我々は信吾を追わぬ。見逃そう」

「約束するか？」

「約束する」

文史郎は腕組をした。

いつまでも信吾を匿っているわけにもいかない。火盗改が必死に居場所を捜している。いつか、居場所は知られることだろう。

信吾が話してくれるか否か。

「やってみよう。だから、信吾には絶対に手を出さないでくれ」

「分かった。手は出さぬ」

「ほんとうだな？」

「武士に二言《にごん》はない」

矢部はうなずいた。文史郎は矢部を信じることにした。

五

大瀧道場では門弟たちが今日一日の稽古を終え、道場の掃除をしていた。おとなも子供もいっしょになって、床の雑巾掛けをしている。

見所は道場主の弥生自らが、女子の門弟といっしょになって叩《はた》きをかけ、雑巾をかけていた。

「文史郎様！」

弥生は文史郎を目敏《めざと》く見付けると、手を振りながら玄関の式台まで迎えに出た。

「お話があります」

笑顔だった。

「うむ。待て」

文史郎は着流しの裾の乱れを直し、道場に上がった。見所の奥の神棚に柏手《かしわで》して一礼した。

「どうした？」

「今朝、浄明寺に幸庵様と行って参りました。幸庵先生の診断では、信吾の傷はほぼ完治したとのことです」

「そうか。それはよかった」

「あとは心の傷を癒すだけとのことです」

「心の傷だと？」

「はい。幸庵先生によれば、信吾は何か心に隠していると。それで鬱《ふさ》ぎがちで、やる気、生きる気力を失っているようなのです」

「ふうむ。どうしたのかのう。弥生が見た感じは、いかがだ？　信吾はおぬしとは、だいぶ口を利くようになったのであろう？」

「はい。武芸のことや読んでいる書物のこと、趣味の将棋の話をするのは、どうにか、口を利くようになったのですが、合間にご両親や兄弟姉妹のことをきこうとすると、下を向き頑《かたく》なに喋らなくなります」

「ふうむ。信吾は脱藩したそうだからな。もしかすると、藩に残るご両親や兄弟姉妹に迷惑をかけているのではないか、と心中で心配しておるのかもしれないな」

「大門とはどうだ？」

「大門様とは、信吾もだいぶ気安くなっているようです。大門様は、ああした茫洋となさったお人柄ですから、信吾の心の悩みなどまったく気にせず、ずけずけと物をいうし、いいたいことをいっておられる。家族や友人のことなど、まったく尋ねないので、信吾はかえって気が楽なのでしょう」

「ううむ」

「大門様は、まるで信吾をご自分の子弟のように、あれこれと命じてやらせています し、薪割りや農作業、荷役仕事、炊事洗濯まで、信吾といっしょにやっているようで す。信吾も何もいわず、大門様の命令を素直にきいています」

「大門らしいな」

「今日は、信吾は大門様と袋竹刀による稽古仕合をしていました」

「ほほう。稽古仕合をか。弥生は信吾の剣を、いかに判じた？」

「まだ怪我の影響があるのか、本調子とは思えませぬが、動きに特徴があるように思います」

「どのような動きの特徴だ？」

「……捨て身かと」

「ううむ」

捨て身は、己の身の安全を顧みず、身を投げ捨てても、相手を倒すことを狙う動きだ。

もしかして、川北厳斎が信吾に叩き込んだ剣法が捨て身技かもしれない。

自身を切らせてでも、相手の骨を切る。捨て身の殺人剣。死ぬ覚悟で相手を殺す。一撃必殺の剣法だ。

「いかんな。それは邪剣だ」

「今度、それがしが、稽古仕合の相手を務めてみます。それで、信吾の剣を見極めたいと思います。もしや信吾は他人には見せない秘技の隠し剣を持っているかもしれません」

「うむ。やってみてくれ。弥生、おぬしになら、信吾も隠し剣を見せるかもしれぬ」

「師範、掃除が終わりました」

高弟の高井真彦が報告した。

それを合図に門弟たちは師範代の武田広之進や先輩の高弟たちと挨拶し、帰り支度を始めた。

「先生、本日も稽古を付けていただき、ありがとうございました」

門弟たちが、帰りぎわ、つぎつぎに弥生に挨拶して行く。

「はい、お疲れさま。また明日も稽古に励みましょう」

弥生は、門弟たちにいちいち返事をして送り出す。

文史郎は門弟たちが道場から出て行ったあとに、玄関先に二人の若侍の姿があるのに気付いた。

角次郎太と城山堅蔵。

文史郎は弥生に目配せした。

おぬしが、あの二人を呼んだのか？

いいえ。

弥生は怪訝な顔をし、頭を左右に振った。

二人は門弟たちの帰るのを待ったあと、式台の前の土間に土下座した。

「相談人様、お願いがございます」

「なにとぞ、赤井信吾に、我らを会わせてくださいませ」

角次郎太と城山堅蔵は平伏した。

師範代の武田も、高弟たちも戸惑った顔で二人を見ていた。

文史郎は苦笑し、弥生と顔を見合わせた。

「弥生、上げてもいいか」

「はい」

文史郎は二人に声をかけた。

「そんなところに土下座されたら、道場の迷惑だ。二人とも上がれ。道場主から許しが出た。話をきこう」

二人は顔を上げた。

弥生がまだ残っていた門弟にいった。

「誰か、足を洗う手桶と雑巾を持って来て」


控えの間に上がった角次郎太と城山堅蔵は、また文史郎に頭を下げた。

「相談人様、なにとぞ、赤井信吾のこと、お教え願えませんでしょうか？」

「信吾は、なんとか生き長らえたのでございましょうか？　深手を負って、相談人様の長屋に逃げ込んだというところまでは、存じておりますのですが、その後、いかがになったのか、お教え願いたいのでございます」

次郎太と堅蔵は、交互にいい、頭を下げた。

文史郎は腕組をし、二人を睨み付けた。

「おぬしら、誰に命じられて、ここへ参ったのだ?」

「誰と申しますと、誰のことでございますか?」

「藩命を受けて、おぬしら、信吾を捜しておるのだろう?」

「それは違います。それがしたちは、藩命で来ているのではありません」

「あくまで、それがしたちの意志で参っています。藩には内緒です」

二人は必死に抗弁した。

「では、誰の依頼だ?」

「誰の依頼でもありません」

「信吾のご両親や兄弟姉妹、あるいは親族の依頼ではないのか?」

「信吾は脱藩したため、家から勘当《かんどう》されております」

「なに、勘当されておるというのか」

文史郎は弥生と顔を見合わせた。

「それに……」

次郎太は口籠もった。堅蔵も下を向いた。

「何か事情がありそうだな。申せ。申さねば、信吾のこと、教えるわけにいかん」

次郎太は思い切ったように話した。

「分かりました。申し上げます。信吾が親兄弟に黙って脱藩したため、物頭《ものがしら》だったお父上の赤井信之介《しんのすけ》殿は、信吾が脱藩した責任を取って切腹。信吾の一番の理解者だった姉君の縁談も破談となり、姉君は悲観して自刃《じじん》なさいました」

「なんということだ」

文史郎は弥生と顔を見合わせた。

「可哀想な信吾。……そんなことがあったのですか」

弥生は目を潤ませた。

「お姉様のお名前は？」

「千代《ちよ》様です」堅蔵は唇を嚙んだ。

次郎太も溜め息をついた。

「ほんとうに心優しい姉君で、我らもずいぶん親しくさせていただきました。あんな千代様を許婚《いいなずけ》は、信吾の脱藩を理由に結納《ゆいのう》まで交わしていたのに……」

「おいくつでしたの？」

「信吾よりも三つ年上だったと思います」

「千代様はお綺麗な上に、男勝りに剣術も強くて、どこか……」

堅蔵は弥生を見ながら、ふと口を噤《つぐ》んだ。

次郎太もちらりと弥生に目をやり、慌てて目を伏せた。文史郎は察していった。

「どこか、弥生に似ているというのか」

「まあ……」弥生は頰を両手で押さえた。

「はい。きっと信吾も弥生様に千代様を感じていると思います。な、堅蔵」

「うむ。おそらくな」

堅蔵はうなずき、溜め息を洩らした。

「お父上、千代様とあいついで亡くなられた上に、今度は母上様も……」

「え？　お母様も」

次郎太がうなずいた。

「はい。一人残された信吾の母上の久美《くみ》様も、心痛のあまり病に倒れ、つい半月前に在所のご実家で亡くなられたのです」

「まあ、……」

弥生は絶句して、眉をひそめた。

「ほかに家族はおらぬのか？」

「おりませぬ。信吾は両親と姉の四人家族でした。祖父母はとうに亡くなられています」

文史郎は腕組をして天を仰いだ。

「不運にのう。ところで、信吾は父上が切腹したり、姉君が自刃したことなどを存じておるのだろうな?」

「はい……それがしたちが信吾に伝えましたから」

「母上が亡くなられたことは?」

「まだ知らないと思います。それもあって、それがしたちが伝えようと思って」

「父上と姉君が亡くなった話を伝えたとき、信吾の様子はいかがであった?」

堅蔵は静かにいった。

「サムライらしく、じっと黙って耐えていました。もともと信吾は寡黙で、なかなか感情を表に出さぬ男です。そして、敵に斬り込んで、深手を負った。あのとき、信吾は、きっと死んでもいいという気持ちだったのではないかと思います」

文史郎は二人にあえて詰問した。

「親友の信吾が脱藩すると言い出したとき、おぬしたちは、なぜ、止めなかったのだ?」

次郎太は頭を振った。

「信吾は、それがしたちにも内緒で突然に藩邸から消えたのです。止めたくても止めようがなかった」

堅蔵は怒った顔でいった。

「なぜ、止めるのです。男が国のためを思い、世のためを思い、一度決意したのです。止めるのは信義に反しましょう。それがしは、信吾のように脱藩しないのを恥じています。親や兄弟姉妹、親族を考えると、つい信念を貫くことができない己が情けない」

文史郎は腕を組んだまま目を閉じた。弥生も黙った。

この若者たちに、なんと説得したらいいのだろうか？

サムライの道とは死ぬことにあるのではないということを、この若者たちに、どう教えたらいいのか？

次郎太は両手をついて、頭を下げた。

「相談人様、ぜひ、信吾に会わせてほしいのです」

「お願いいたします」

堅蔵も頭を下げた。

「分かった。信吾が、そのような悲運を抱えておったとは知らなかった。よくぞ教えてくれた」

「信吾は、生きているのですね」

　次郎太は膝を乗り出した。

「かなりの深手だったが、どうにか、一命を取りとめた。いまは軀は元気になったが、心は鬱いだままだ。いまのような事情があったなら、当然のことだろうな」

「お願いです、それがしたち二人、信吾に会わせていただけませんか？」

　次郎太がいった。堅蔵が付け加えた。

「どちらに居るのでござるか？　長屋には居ないようでしたが」

「うむ。さる場所で養生しておる」

「その場所をお教え願えませぬか？」

　文史郎は目を閉じて考えた。

「信吾本人に尋ねることにしたい。もし、本人がおぬしたちに会いたくない、と申したら、教えることはできない。会ってもいい、と申せば、二人を連れて行ってやろう」

　次郎太と堅蔵は顔を見合わせ、どうする、という顔をした。

「相談人様、なぜ、会わせていただけないのでござろう？　我らは幼なじみの間柄。信吾が会いたくない、とは決して申さぬはず」

「信吾は、いま、迷っておると思う。自分の行く末を思って、自問自答しておると思うのだ」

「と申しますと？」

「いま聞いた事情があるとすれば、なおのこと、信吾は自分のせいで、そうした事態が生じたことに責任を感じ、悔いているはずだ」

「…………」

「事情を知っているおぬしたちが会っても、悔いはさらに深くなるだけではないか？　もし、おぬしたちが真の友であるなら、そっと見守ることも、また友情というものだぞ」

「…………」

次郎太は腕組をし、考え込んだ。

堅蔵は不満げにいった。

「それがしは、逆に信吾を励まし、自分も遅ればせながら、信吾に続きたいといいたいのです」

「何をやるというのだ？」

堅蔵は顎を引き、決然としていった。

「攘夷です。それがしもサムライです。親も家族も捨て脱藩し、信吾とともに攘夷に身を挺したいと思います」

次郎太が堅蔵に向いた。

「堅蔵、悪いが俺にはできん。異国船を打ち払い、異人たちを斬り捨てても、ほんとうに世直しができるのか、疑問に思うのだ」

「次郎太、おぬしも先生の御講義をきいたとき、そうだ、と感動したではないか。忘れたのか。あのあと、我ら三人は攘夷に身を捧げようと誓い合ったではないか。そのサムライの誓いを、おぬしは破るというのか。情けない。恥知らずめ。サムライなんかやめちまえ」

堅蔵は次郎太を激しく罵倒した。

まるで堅蔵は自分自身を責め、罵倒しているかのようだった。

文史郎は二人の口論を止めた。

「待て。おぬしたちの先生とは誰のことなのだ？」

「儒学者の柄本宇膳《えもとうぜん》先生でござる。我らが藩校で教えておられた先生でした。先生は吉田松蔭先生の門下で、我らに尊皇攘夷論を説いてくださった。それがしも信吾も、次郎太も、柄本宇膳先生に私淑し、先生の教え通り、世直しのために脱藩しようと決めたのです」

　堅蔵は胸を張った。

「先生はおっしゃっておられた。長州藩の攘夷派は、赤穂藩の我々も受け入れると。長州に走り、勤王の志士になれと」

「おぬしたちは江戸詰だろう？　脱藩して長州に行くというのか」

　堅蔵がまさか、という顔をした。

「江戸には長州浪士の志士団がござる。江戸詰の我々は脱藩したら、その長州志士団に加わればいい。信吾はそれを実行したのでござる」

　文史郎は思いついた。

「……もしかして、その長州浪士の志士団を率いているのは、川北厳斎という男ではないか？」

　次郎太は驚いた顔になった。

「そうでござる。相談人様は川北厳斎先生を御存知でしたか」

「うむ。かなりの剣の遣い手。おぬしたちは、どうして知っておるのだ？」

　堅蔵も声を弾ませた。

「川北厳斎先生は柄本宇膳先生の、昔からの同志でござる。我ら三人も在所赤穂にいることろ、川北先生から密かに剣術指南を受けました。その川北先生から、特に剣術の腕を見込まれたのが信吾でした。信吾はめきめき腕を上げ、先生から直心影流直伝の秘太刀蟷螂《とうろう》を伝授されたはず」

文史郎は弥生と顔を見合わせた。

「おぬしたち、川北厳斎の居場所を存じておるのか？」

堅蔵と次郎太は顔を見合わせた。

「知りません」

「居場所を転々と変えているのです」

「では、もし、脱藩しても、志士団に合流できぬではないか？　連絡の方法はあるのであろう？」

「はい。それは……」

堅蔵が次郎太の腕を引いた。

「喋ってはいかん。どこから幕府のイヌに漏れるか分からぬではないか」

「うむ」

次郎太はうなずいて黙った。

堅蔵は猜疑《さいぎ》の目になった。

「相談人様は、なぜ、川北厳斎先生の居場所を知りたいのですか？」

文史郎はうなずいた。

「正直にいおう。それがしたちが、いま引き受けている仕事は、外国の公使たちや通詞たちを警護する仕事だ」

堅蔵は憤慨した。

「なんですと。夷狄を警護するような仕事をなさっているというのですか？　夷狄を警護するなんぞ、我らの敵ではないですか」

「では、信吾は囚われの身なのですか」

次郎太も驚きの顔になった。

「それは違う。信吾は自由の身だ。信吾は養生して元気になれば、いつでも自由に、我らの許から出ていくことができる。我らも、信吾を束縛するつもりはない」

堅蔵は憤然といった。

「嘘だ。見損なった。あなたたちは、金のためなら、国を売ることさえやる輩《やから》だ。次郎太、帰ろう。こんな連中に頭を下げることはないぞ」

堅蔵は立ち上がろうとした。次郎太が堅蔵を押えた。

「堅蔵、この方々は、そんな人たちではない。瀕死の信吾を長屋に匿い、幕府のイヌたちから守ってくれたのだぞ。幕府のイヌだったら、信吾は、とっくに獄に放り込まれているはずだ。我らのことも通報されているはずだ」

「だが、川北厳斎先生の居場所を探ろうとしたではないか。信吾を助けてくれたにせよ、相談人はやはり敵側の人間なんだ」

堅蔵は憎々しげに文史郎を睨んだ。

「堅蔵、次郎太。おぬしたちに、これだけはいっておく。異人も我々も、同じ人間だ。赤い血が流れている。異人にも、国には妻や子がおり、親や祖父母もいる。家族があり、親しい友や許婚がいる。そういう異人を襲い、人の命を奪う意味を考えたことがあるか？」

「…………」二人は黙った。

「人の命を奪い、その人の人生を踏み潰《つぶ》し、周囲の家族や人々を悲嘆に追い込み、不幸に陥れる。それでもやむなしとするような大義はあるのか？」

「…………」

「おぬしらにあえて問う。おぬしたち、人が命を懸けるに値する大義があるのか？」

堅蔵が気色《けしき》ばんだ。

「相談人は、尊皇攘夷が大義に値しない、と申されるのか？」

文史郎は静かにいった。

「私は尊皇攘夷は大義ではない、と思っている」

「では何なのでござる？」

「尊皇の本意は、倒幕して天皇親政に復帰せよ、ということだろう？　はたまた攘夷は、このまま外国の文化の流入を避け、孤立の道である鎖国を続けろという意味であろう？」

「…………」

「そのようなものは大義ではない。大義は、万物不変の真理であり、人が求めるべき道義ではないか？　すべての人が自由に生きる。上も下もなく、あらゆる人が等しく、貧富の差もない。個々人が人間として尊重され、平和に暮らす。そうした世を創ることが、真の大義であり、命を懸けるに値するのではないか？」

「次郎太、帰ろう」

堅蔵は無理遣り次郎太の腕を取って立たせた。次郎太は、何かいいたげに、文史郎を見ていた。

「さあ、次郎太。行くぞ」

堅蔵が強引に次郎太の腕を取って、玄関先に連れ出した。

「……では、失礼いたします」

次郎太は玄関の式台から下り、文史郎と弥生にちょこんと頭を下げた。

不貞腐《ふてくさ》れた顔の堅蔵が、次郎太の腕を引っ張った。

二人はなにやら言い合いながら玄関先から姿を消した。

弥生が溜め息をついた。

「文史郎様、彼らにはまだ私たちの気持ちが分からないのでしょうね」

「うむ。しかし、いつか、きっと彼らも分かってくれる。そう信じたい」

文史郎は自分自身に言い聞かせるようにいった。

六

数日後、文史郎と弥生は、浄明寺を訪ねていた。

寺の境内は、蟬時雨が喧《やかま》しかった。

「では、始め！」

欅の木陰で、弥生は信吾と袋竹刀を構えて向き合っていた。

稽古仕合である。

判じ役は大門が務めていた。

文史郎は欅の木の根元で、腕組をし、稽古仕合の様子を観戦していた。

信吾は以前と比べると、見違えるほど、顔の血色がいい。

二人は、互いに相青眼の構えで、向き合っている。

爽やかな涼風が吹き寄せ、欅の枝の葉を揺らしていた。ヒヨドリが喧しく鳴き、梢を飛び渡っている。

すでに、三本勝負が終わっていた。

一本目は、弥生が信吾の小手を打った。

信吾は打たれた腕が痺れ、袋竹刀を取り落とした。しばらく目を閉じていた。

二本目も、弥生の袋竹刀が信吾の胴を抜いた。鮮やかな抜き胴一本だった。

信吾は胸を押さえて、しばらく蹲っていた。傷口が開いたかと心配したが、調べると、赤い打ち身の痕ができていたものの、傷口には影響がなかった。

三本目も、弥生が信吾の面を打った。弥生は寸止めをしたつもりだったが、やや竹刀が流れ、信吾の頭を打った。

信吾は一瞬、頭を押えて、その場にまた蹲ったが、弥生が駆け寄ると、白い歯を見せ、大丈夫と立ち上がった。前髪のあたりに瘤《こぶ》が盛り上がっていた。

それでも信吾はうれしそうに笑い、

「まだまだ。もう一本、お願いいたします」といって、弥生との立ち合いを所望《しょもう》した。

文史郎も弥生も苦笑した。

弥生は真剣に立ち合い、決して手を抜いていない。

信吾の動きはまだ滑らかでなく、弥生が勝って当たり前なのだが、それにしても、信吾は打たれるのを楽しんでいるかのようにも見える。

信吾は自分自身を苛《さいな》んでいるのではないか、と文史郎は思った。

それも、どこか姉の千代に似た弥生に、袋竹刀で打たれるのを望んでいるかのように。

信吾の軀が先に跳んだ。袋竹刀が唸りを上げて、弥生の面に飛ぶ。

弥生は少しも動ぜず、打ち込まれた信吾の袋竹刀を撥ね上げ、袋竹刀を返して、信吾の面に送った。

信吾は袋竹刀で襲ってくる弥生の打突を受け流し、切り返して胴を叩こうとする。

弥生は一歩引くと同時に、信吾の小手を叩いた。小気味いい音が響き、信吾はぱたりと袋竹刀を落とした。

残心《ざんしん》に入る。

「一本！　弥生殿」

「参りました」

信吾は痺れる腕を押さえながらいった。

「信吾、どうして、弥生殿には負けるのだ？　拙者には三本に一本は打ち込むというのに。何を遠慮している」

大門が大声で笑った。

信吾が笑顔で応える。

「そんなことありません。それがし、一生懸命にやっているのですが、どうもいかん、姉上、いや弥生様に向かうと、萎縮してしまう。どうしてでしょうな」

「信吾の動きは、前よりもはるかにいいですよ。あとは気迫だけかしら。勝とうという気迫がないような気がする」

「はい。そうかもしれません」

信吾は真剣なまなざしで、弥生を見つめている。

「もう一本、お願いいたします」

「いいですよ」

弥生は笑みを消した。容赦しない顔だ。弥生も真剣に対している。

「今度は信吾、勝てよ」

大門が二人の間に立った。

文史郎は、信吾の様子を見ながら、考え込んだ。

まだ、母親が亡くなったことを信吾には報せていない。

弥生も、自分たちが知らせるよりも、親友の次郎太や堅蔵を連れて来て、彼らに話してもらった方がいいという意見だった。

知らせをきけば、信吾はさらに落ち込むだろうが、まだ若い、剣術の稽古や薪割り、畑仕事などで、軀をこき使っていれば、時を忘れる。

悲しみを乗り越えるには、時間が特効薬だ。

優しい言葉は、かえって悲しみを増す。

またしたたかに相手を打つ音が響いた。

「一本！　弥生殿」

大門が宣言した。

弥生が残心に入り、傍らに信吾が胴を押さえて、地べたに転がっている。

「信吾、大丈夫ですか？」

弥生がまた駆け寄り、信吾の背を撫でている。

「どうして、袋竹刀で受けなかったのです？　受けることはできたはずですよ」

「は、はい。申し訳ありません」

「信吾、弥生殿に打たれるのが、よほどうれしいようだな」

大門が頰髯を崩して、にやにやと笑った。

「そんなことはありません。大門様、それがし、精一杯立ち合っています。なのに、打たれるのは、これが、それがしの実力なのでござろう」

文史郎は信吾を眺めながら、ふと思った。

こんなはずはない。

信吾は川北厳斎から指導を受け、直心影流の秘太刀蟷螂を授かったときいている。信吾の軀のどこかに、その秘太刀蟷螂が潜んでいるはずだ。

文史郎は意を決して信吾に近付いた。

「信吾、立て」

文史郎は信吾にいった。

信吾は怪訝な顔で、文史郎を見上げ、立ち上がった。

「おぬしを斬る」

文史郎は刀の柄に手をかけ、鯉口を切った。

「な、なぜでござる」

「その根性を叩っ斬る」

文史郎はいきなり刀を抜き打ちで、上段から信吾に斬り下ろした。

「待ってください、文史郎様」

弥生の軀が横っ飛びに文史郎の前に躍り出た。袋竹刀が飛び、文史郎の真剣を弾いた。

文史郎の刀は、弾かれた勢いで、わずかに逸《そ》れて、信吾の肩口の脇を抜けた。

「文史郎様、おやめください」

弥生が信吾を背に庇い、袋竹刀を構えた。

袋竹刀は文史郎の刀を受け、弾いたときに半分切られて、折れている。

「退け、弥生。これは、真剣勝負」

「退けません。おやめください」

弥生は半ばで折れた袋竹刀を文史郎に向けた。

「退かねば、おぬしも斬る」

文史郎は有無をいわせず、刀の切っ先を弥生の喉元に向け、突きの姿勢を取った。

刀を突き入れれば、弥生の喉を突き抜け、信吾の軀も串刺しする。

「姉上、退いて」

信吾が叫び、後ろから弥生の軀を脇に突き飛ばした。

同時に文史郎は刀を突き入れた。

信吾は袋竹刀で刀の切っ先を叩き落として飛び退いた。

「信吾！　危ない」

弥生が大門に抱き竦められたまま叫んだ。

信吾は袋竹刀を右八相に構えた。凄まじい殺気が迸《ほとばし》っている。

文史郎は滑るように間合いを詰めた。斬り間に入ると同時に、刀をまた突き入れた。

信吾は文史郎の刀を弾いて避ける。文史郎はすかさず刀を切り返し、信吾の胸を払った。切っ先が信吾の稽古着を切り裂いた。

文史郎は息もつかせず、上段から刀を斬り下ろす。信吾は袋竹刀で受けた。

袋竹刀は斜めに切り下ろされ、袋竹刀の先が地べたに転がった。

「文史郎様、おやめください」

弥生が悲しげに叫んだ。

信吾は半分に切られた袋竹刀を手に文史郎に対峙している。

「信吾！　取れ」

大門の声がした。信吾に大刀が放られた。

信吾ははっしと大刀を受け取った。

「……おのれ」

信吾は呻き、大刀を鞘から引き抜いた。

信吾は相青眼に刀を構えた。

「なぜにござる」

「問答無用」

文史郎は青眼から右八相中段に刀を構え、じりじりと間合いを詰める。

斬る。斬り倒す。

文史郎は心底からそう思い、気を放った。

信吾も堪らず殺気を放ちはじめた。見る見るうちに殺気は膨らみ、信吾の全身から殺気の炎が立ち昇った。

文史郎は右中段から下段に刀を下ろした。刀を返し、切っ先を地面すれすれに滑らせ、後ろに引いた。

心形刀流秘太刀引き潮。

引き潮のように刀をぎりぎりまで引き絞り、押し寄せる怒濤《どとう》に乗せて相手を斬る。

出せ。直心影流秘太刀蟷螂。

文史郎は殺気を放ち続けた。

信吾の構えが変わった。

信吾は刀を上段に振り上げると、くるりと持ちかえ、切っ先を文史郎に向けた。まるで蟷螂の手のように。

信吾の顔が蒼白になっている。

時刻が静止した。大門も弥生も固唾を呑んで、文史郎と信吾の対決に見入った。

静まり返った。

信吾の全身から燃えるような殺気の炎が立ち上がっている。

「よおし。そこまで。二人とも、やめい」

大門の大音声《だいおんじょう》が起こった。

だが、信吾の軀から発した殺気はやまない。

文史郎はそろそろと「引き潮」を鎮《しず》め、殺気を抑えた。

「信吾、やめだ。やめるんだ」

「……おのれ」

信吾の目は血走り、蒼白になった顔面は変わらない。

「信吾、やめなさい。終わったのよ。もうやめなさい」

弥生の声が飛んだ。

「…………」

信吾の軀が揺らいだ。

「信吾、引け。それがしも引く」

文史郎は刀を青眼に戻しながらいった。

「信吾、おやめなさい。引いて。お願い」

弥生の声が信吾に飛んだ。

「……姉上」

信吾の顔にだんだん生気が戻りはじめた。

同時に殺気も急速に退いていく。

信吾はのろのろと刀を下ろした。

「引け、信吾。おぬしの秘剣蟷螂、見極めたぞ」

文史郎は信吾にいい、ゆっくりと刀を腰の鞘に戻した。

信吾も、我に返ったように、穏やかな顔付きに戻り、刀を引いた。

「……それがし、何をしたのでしょうか？」

信吾は目をぱちくりさせ、文史郎に顔を向けた。

「おぬしの軀に隠されている秘太刀蟷螂を引き出すには、こうするしかなかったのだ」

文史郎はいった。

弥生が信吾に駆け寄った。

「信吾、大丈夫？」

弥生は信吾の肩を優しく抱いた。

「は、はい。でも大丈夫です」

信吾は照れたように軀を竦《すく》めた。

弥生は文史郎を振り向いた。怒った顔だった。

「文史郎様、ひどい方。でも本気ではなかったのですね。よかった。一時は、気が狂ったのか、と思いましたよ」

大門もほっとした顔で笑った。

「ほんとほんと。それがしも、途中までは、殿が乱心したか、と思いました。だが、最中に、殿の笑みを見て、そうか、と気付きました。それで、大刀を信吾に放った」

「うむ。しかし、信吾、おぬし、恐ろしい邪剣を習得しておるな。蟷螂は殺人剣だ。

人を殺すためだけの剣だ」

「は、はい」

「蟷螂は今後封印しろ。でないと、おぬし、それで身を滅ぼす」

「はい」

信吾はうなだれた。

文史郎は、信吾に秘太刀蟷螂を仕込んだ川北厳斎が憎らしかった。

こんな有為な若者に、どうして殺人剣を教え、刺客に仕立てたのか。

殺人剣は遣う者だけでなく、周りの者すべてを不幸にする。

文史郎は、森の空気を胸いっぱいに吸い込み、殺気を完全に抜いた。だが、不快な気分がどこかに残っているのを感じた。

第四話　対決の時

一

その日、文史郎は久しぶりに大川に出て、釣り竿の糸を垂れた。

夏の陽射しは、じりじりじりと大川端の草地を照らし上げている。大川の淀みに垂らした釣り糸はぴくりとも動かない。

魚の連中も暑さを避けて、川草や岩陰に入り込んでいるのかもしれない。

文史郎も桜の木の葉陰に寝そべり、のんびりと魚が餌に食らい付くのを待つことにした。

天空には、入道雲が湧き昇っている。

今日も夕方には激しい夕立が来そうだった。

鳶が何羽も弧を描いて飛んでいる。

梢から喧しい蟬の声に交じり、小鳥の囀りがきこえた。

風はぴたりと止み、そよとも吹いてこない。

「殿ぅ」

左衛門の声がきこえた。

寝転んだまま、草の間から声の方を見ると、あたふたと歩いてくる左衛門の姿があった。

左衛門の後ろから、二人の若侍がついて来る。

角次郎太と城山堅蔵だった。

二人とも、この暑いのに袴を穿いている。

江戸藩邸となると、着流しでは勤まらないのだろう。

「殿、こちらにおられましたか」

「うむ。また参ったか」

「はい」

文史郎はゆっくりと身を起こした。

竿を引き上げた。針につけたみみずが白くふやけて垂れ下がっていた。これでは、いくら魚でも食い気がしないだろう。

左衛門は後ろを振り向いていった。

「おぬしら話があるのだろう？　直接、殿にお話しすればよかろう」

「はい」

次郎太がおずおずと前に出た。

後ろから、堅蔵もしぶしぶついて来る。

文史郎はみみずを入れた木箱の蓋を開け、新しい元気のいいみみずを取り出して、釣り針を刺し込んだ。

「先日は、まことに失礼いたしました。いろいろご無礼をいたしましたこと、お詫び申し上げます。どうかお許しください」

次郎太は草地に土下座し、文史郎に謝った。

「申し訳ありませんでした。……」

堅蔵もいっしょに土下座し、謝罪の言葉をもぐもぐと呟いている。

「よかろう。許そう。水に流す。気にするな」

「ありがとうございます。ほれ、堅蔵、すぐに許してくださったじゃないか」

次郎太は堅蔵の背をぽんと叩いた。堅蔵はぺこりと頭を下げた。

「ありがとうございます」

「それで、また信吾を心配して参ったのであろう？」

「はい。いかがでしょうか？　信吾はそれがしたちのことを、何か申してましたでしょうか？」

「うむ。話した。だが、やはり、信吾はおぬしたちに会いたいとはいわなかった」

「そんな……」次郎太は口ごもった。

「どうして会いたくないというのですか？」

　堅蔵も怪訝な顔をした。

「これは、私の推測だが、おぬしらに会うと、いろいろ思い出したくないことも思い出すからではないか。あるいは、おぬしたちは幼なじみだの仲間だのと思っていても、本人には、そういう友達の間柄が、煩《わずら》わしい場合もあるのではないかな」

「そうか。やはりなあ」

　次郎太は頭を振った。

　堅蔵はあくまで頑なだった。

「そうは思えません。相談人様たちが、信吾に、我らと会うなといっておられるのではないですか？」

文史郎は苦笑いした。

「信用がないな。むしろ、私は信吾におぬしたちに会ったらどうか、と勧めた方だ。私から、どうも信吾の母上が亡くなったことは伝えにくくてな。そういう話はおぬしたちからの方がよかろうと思ったのでな」

「では、母上が亡くなった話は信吾にしていないのですか？」

「うむ。してない」

堅蔵は勢い込んだ。

「でしたら、ぜひ、我らが信吾に会って伝えましょう」

「会わせていただけませんか」

文史郎は左衛門と顔を見合わせた。

左衛門はうなずいた。

「いいのではないですか」

「では、おぬしたちを信吾に会わせてもいいが、一つ条件がある」

「なんでござろうか？」

「誰にも、信吾の居場所はいわぬことだ。特におぬしの藩の者が知れば、追っ手を差し向けるだろう」

「分かりました。信吾がどこにいるかは、誓って誰にもいいません」

次郎太は約束した。

「堅蔵は？」

「それがしも、誰にもいいません」

「二人とも、誓っていうなよ。武士の誓いは堅いものだぞ」

「はい」「はい」

二人は勢い込んで応えた。


浄明寺は深緑に包まれていた。

蟬時雨が境内の古い杉林から降り注いでいた。

文史郎と左衛門が次郎太と堅蔵を連れて、寺を訪ねたとき、信吾は楠の木陰で、大門と並んで座禅を組んでいた。

次郎太と堅蔵は、左衛門が止めるのもきかず、信吾に駆けて行った。

大門が黙想をやめて立ち上がった。

次郎太と堅蔵は、大門に挨拶したものの、すぐに信吾に戻り、肩を叩いたり、小突いたり、再会を喜んでいる。

一方の信吾は、二人に会っても、あまりうれしそうではなく、むしろ迷惑そうな面持ちだった。

大門が笑いながら文史郎のところにやって来た。

「大門、信吾の様子は、どうだ？」

「殿との立ち合いがあってから、だいぶ変わりました。以前よりも素直になり、自分のことをいろいろ話すようになりました」

「そうか。信吾の心境が、どう変わったのか、話をしてみたいな」

「いまの信吾なら、話ができそうに思いますな」

大門は振り向き、信吾たちの様子を眺めた。

三人は草地に胡坐《あぐら》をかき、何ごとか話し合っている。

「信吾は、特に弥生殿に心を開きましたな。まるで、ほんとうの姉さんのように、話すようになっている」

「そうか。そういえば、それがしとの立ち合いのとき、弥生が身を挺《てい》して信吾を庇ったら、思わず、信吾は姉上と叫んでおった」

「ほう。殿も気付いていましたか」

大門は髯を撫でた。左衛門も感じ入った顔になった。

「そんなことがあったのでござるか」

文史郎はうなずいた。

「うむ。次郎太たちの話では、信吾の姉の千代さんに、弥生はどこか似ているらしい。信吾は、きっと弥生に姉の千代さんを重ねて見ておるのだろう」

突然、嗚咽《おえつ》がきこえた。

信吾が立ち上がり、声を圧《お》し殺しながら、本堂の方に駆け出した。次郎太と堅蔵は、信吾を引き止めもせず、黙って見送っている。

「殿、もしや……」

大門が文史郎に顔を向けた。左衛門も黙っている。

「うむ。しばらく放っておけ。一人になって泣きたいだけ泣けばいい」

次郎太と堅蔵が、信吾の母親の死を知らせたのだ。

本堂に駆け上がった信吾は、本堂の中に消えた。

本堂から和尚たちの読経の声明《しょうみょう》がうねるようにきこえる。

信吾は、きっと生木《なまき》を裂かれるような、痛くて辛い悲しみに襲われている。

父親の切腹。姉の自刃。そして、母親の病死。

愛する家族全員の死が、信吾が脱藩したことの結果だ。信吾はきっと、そう思い、

自分を責めているとことだろう。

文史郎は、生母が亡くなったときかされたときのことを思い出した。己も遠地の那須にいて、母の死に目に会えなかった。

己の親不孝を心から悔いた。心の痛みも分かる。そして、ほんとうに心の臓が締め付けられるように痛んだものだった。

母親一人の死でも、己はそう思った。信吾は、その上に、父と姉の二人の死が重なっているのだ。その悲しみの大きさ、深さは想像することができない。

次郎太と堅蔵はのろのろと立ち上がった。来たときの元気さはなく、二人ともしょんぼりしている。

二人は本堂を振り返り振り返りしながら、やって来た。

蟬の声が、二人の肩に降り注いでいた。

次郎太は、文史郎と大門、左衛門に黙って頭を下げた。堅蔵は唇を一文字に結んだまま、本堂を睨んでいた。

「いいか。帰るぞ」

文史郎は二人にいった。次郎太と堅蔵は、沈んだ顔でうなずいた。

二

信吾は僧坊の天井を睨んでいた。

廊下の行灯の仄かな明かりで、天井の桟もぼんやりと見える。

目の奥で、母上の顔が笑っている。

姉の千代の優しい笑顔もあった。

父親のえらが張った頑固そうな顔が睨んでいる。

いまは、その母親もいない。姉の千代も、父上も逝《い》った。

皆、己のせいだ。己がわがままを貫き、脱藩なんぞしたためだ。

悔やんでも悔やみ切れなかった。

どうして、急いで脱藩なんぞしてしまったのだろうか？

藩校生たちの前で、柄本宇膳先生の受け売りの尊皇攘夷論をぶち、皆で決起しようと檄《げき》を飛ばした。みんなから罵倒され、馬鹿にされ、いきり立って、己の尊皇攘夷の正しさを主張した。みんなを腰抜けサムライと嘲笑した。

やるといった以上、サムライとして後には引けなかった。

いっしょにやるといった堅蔵も次郎太も、結局、なんのかんのと理由をつけて、脱藩しなかった。

一人でも大海に漕ぎ出すと大見得《みえ》を切り、とうとう江戸詰になったとき、宣言通りに脱藩した。父や母、そして大好きだった姉上の悲しむ声も無視してしまった。サムライの意地のために。

脱藩して、かねて柄本宇膳先生に聞いていた通りに、川北厳斎先生を頼って、志士団の根城に転がり込んだ。長州浪士の同志たちは、はじめこそ大歓迎だったが、川北厳斎先生の秘蔵っ子といわれ、冷ややかな目で見られるようになった。

なんてことをしてしまったのだろう。悔いだけが込み上げてくる。

父上は、何をするにも、まずは元服をしたのちにといっていた。日ごろ、尊皇攘夷、義挙に参加したい、といっている自分への助言だった。

姉上は自分の唯一の理解者だった。

信吾の名は、吾人《おのれ》の信念を貫きなさい、と両親が願いを込めて付けてくれた名前です、吾の信じる道を進みなさいと励ましてくれていた。

その己が、人殺しになるなんて。

初めて人を斬ったのは、仲間の一人だった。いっしょにいた志士団から、ある夜、脱走した同志がいた。その同志を先生は幕府の間諜《かんちょう》だと断じた。自分には、その同志は母親が急病になり、危篤《きとく》の知らせが来た、といっていた。

　志士団に入った者は、大義を果たすまで、親兄弟の死に目に会えると思うな、宿舎を無断で脱走した者は死、それが法度《はっと》だった。

　同志は、その法度を破って、宿舎を抜け出した。気付いた見張りが同志を捕まえ、深夜大川端に連行した。

　そこで先生から、その同志を斬れと命じられた。大義を果たそうとする者が、裏切り者一人を斬れずに、夷狄を斬ることができるか、といわれた。

　周囲の同志たちも、先生の命令がきけぬ者は裏切り者として斬る、と迫った。

　同志は、泣きながら命乞いをしていた。己は心を鬼にして、刀を同志に突き入れた。

　同志は苦しみのたうち回った。

「止《とど》めを刺せ」

　その声に同志の心の臓を刺突《しとつ》した。こと切れた遺体を、周囲の同志たちは無造作に大川に放り込んだ。

　いまでも、そのときの、人を斬った感触が手や腕、軀から離れない。

　とうとう人を斬ってしまった。もう元の自分には戻れない。

先生は、これで信吾も一人前の刺客だ、と誉めてくれたが、少しもうれしくなかった。

己の手で殺した同志の顔が目にちらついて辛かった。仲間と思っていた同志たちは、それ以来、仲間を斬った男として、信吾を恐れ、離れて行った。誰も話しかけてくれなくなった。

尊皇攘夷の大義を果たすとは、仲間だった同志を殺すことなのか？

先生たちから使嗾《しそう》された？

いや違う。柄本宇膳先生、川北厳斎先生から使嗾されたのではない。己で選んできた道だ。すべては己に責任がある。

父上が切腹し、御家は断絶。家老の子息と結納まで交わしていた姉上は破談となり、悲観して自刃。そう伝えてくれたのは、次郎太と堅蔵だった。

天罰があたったのだ。親や姉を考えずに勝手に脱藩し、罪のない人を殺してしまった罰だ。これが当然の報いだと思った。

先生は悲観も躊躇も許さなかった。

毎日、人殺しの稽古をさせられた。秘太刀の腕を磨かされた。何も考えずとも、秘太刀を使えるように修練した。

疑問を持つことは許されなかった。

初めての義挙でも、夷狄ではなく、日本人の通詞を斬れと先生から命じられた。

通詞は夷狄の言葉を話し、夷狄公使のイヌだからという。

だが、通詞を襲おうとしたとき、通詞は丸腰だった。温和そうな初老の文民だった。

なぜ、同胞である日本人通詞を斬らねばならぬのか？

斬ろうとしたとき、通詞を警護するサムライが立ち塞がった。一目《ひとめ》で腕が立つ剣士だと分かった。

その剣士と剣を交えようとしたとき、初老の通詞が警護の剣士に叫んだ。

まだ訳も分からぬ少年だ。斬るな。儂が斬られてもいいから、斬るな。

そうきこえた。一瞬、気が乱れ、剣を出すのが遅れた。

相手に肩口からばっさりと斬られたとき、正直、これで死ねる、楽になれると安堵した。この凄腕の剣士に斬られるなら自分は本望、と思った。

だが、助かり、一人、雨の中を彷徨《さまよ》った。長屋の木戸に辿り着き、倒れ込んだ。

それからの記憶は定かではない。

目を覚ましたとき、姉の顔が覗いていた。思わず、姉上と叫んでいた。これは奇跡だ、と思った。

だが、その女の人は姉上ではなかった。よく似ていたが、弥生という女子だった。

黒髯の浪人、殿と呼ばれる剣客、その傳役の老サムライたち。剣客相談人の人たちが囲んでいた。

医者の幸庵殿、住職の円妙和尚。大瀧道場の師範代、門弟たち。

みんな優しく、親切な人たちばかりだった。

寺ではあったが、自分の安住の地だと思った。毎日が楽しかった。こんな世界があったのだ、と思った。

だが、毎日、夜が苦痛だった。斬った同志の亡霊が立ち現れる。なぜ、あんなことをしてしまったのか。悔恨と懺悔《ざんげ》の気持ちに苛《さいな》まれていた。

しかし、朝になると亡霊は消えた。

毎日のように訪れる髯の大門様、姉上のように美しく優しい弥生様との稽古はうれしかった。

姉上のような弥生様と立ち合い、叩き伏せられるのは、喜びだった。打たれるたびに、罰を受けているようで、うれしかったのだ。

だが、その幸せも長くは続かなかった。

忘れようとしていた過去に一気に引き戻されたのが、文史郎様との立ち合いだった。

おのれの軀には、殺人剣の秘太刀蟷螂が潜《ひそ》んでいるのを思い知らされた。

文史郎様から、秘太刀を封印しろ、と命じられた。おぬしの邪剣は、身を滅ぼすと。

そして、とうとう、恐れていたことがやって来た。昔の自分をよく知っている次郎太と堅蔵が現れたのだ。

彼らと会うのも嫌だったのに。そして、二人から、在所の母の死をきかされた。

自分は、まだ許されていないのを知った。本堂に駆け込み、阿弥陀如来様におすがりするしかなかった。

だが、母上の死も自分の所業に対する罰であることは分かった。

すべては己が悪かったのだ。

信吾はむっくりと寝床に起き上がった。

僧坊の外が明るみ出していた。

信吾は合掌《がっしょう》し、念仏を唱え出した。

南無阿弥陀仏。南無阿弥陀仏。

なにとぞ、この苦しさから、お救いくださいませ。

信吾は心から念じるのだった。

三

浄明寺の境内は、その日も蟬時雨が降り注いでいた。
文史郎は玉吉を従え、参道の石畳をゆっくりと歩んだ。
楠の下で信吾は、ひとり一心不乱に木刀を振るい、組太刀の型を演じていた。
直心影流法定《ほうじょう》之型。
八相発破、一刀両断、右転左転、長短一味。
四本の基本型を静かに演じている。
気合いは発しない。呼も吸も相手に悟られぬ静謐《せいひつ》な呼吸。
春夏秋冬の移り変わりのように、自然に流れる呼吸だ。
一足一刀。
相手の刀を受けず、相討ちをめざす。
打ち込みに見せる気は、尋常なものではない。
気合いは発しないのに、凄まじい気が迸《ほとばし》り、頭上の葉までも震わす。
だが、……。

何かが違う。どこか直心影流とは違うものを秘めている。

何なのか？

文史郎は腕組をし、じっと信吾の組太刀の演武を凝視していた。

信吾は、やがて演武を終えると、蹲踞《そんきょ》の姿勢になり、木刀を腰の脇に納めた。それから、ゆっくりと立ち上がった。

「そちらで、ご覧になっておられましたか」

信吾ははにかみ、文史郎に向いて一礼した。

呼吸の乱れがない。汗はかいているものの、心は平静そのものに見えた。

信吾は文史郎の後ろに控えている玉吉にも会釈した。

「直心影流法定之型、見事だった。おぬし、免許皆伝かな？」

「いえ。師からはまだ」

「おぬしの師は、何と申される？」

「……それは申し上げられません」

信吾は頭を下げた。

「なぜ、隠す？」

「師から名を告げるなと厳命されています」

信吾の態度から、これ以上、訊かないでほしいという無言の気が立ち昇った。

「いいだろう。おぬしの直心影流には、違う流派が交じっていると見たが」

「違う流派でございますか？」

「うむ。上段に構え、打突するときだ。もしや……」

文史郎は思い当たった。

そうか、示現流《じげんりゅう》だ。

相手の受けを許さない打ち込みだ。

「おぬしの師の教えか。示現流が入っておるな」

「……そうでございますか。それがしには……」

信吾は分からぬという顔をしている。

「おぬしの師の名前は尋ねるつもりはない。だが、きっとおぬしの師は、薩摩《さつま》影之流の遣い手だ。薩摩に流入した直心影流の分派だと思う」

「さようにございますか」

「一撃必殺。二の太刀はなし。捨て身で己の肉を切らせ、相手の骨を斬る。相打ち覚悟の必殺剣だ」

「…………」

「分かるか。それが何を意味するか？」

「殺人剣だと申されるのですね」

「そうだ。己を殺し、相手も殺す。人を活《い》かす剣ではない」

「…………」

「師の教えだな。おぬしが会得したのは、邪剣だ」

「……そういわれても、我が師でございます。師に背《そむ》くことはできません」

「師に背けとは申しておらぬ。先日もいった。邪剣は封印しろと。邪剣であることを意識し、遣わぬことだ。そうすれば、身を滅ぼすことはない」

文史郎は静かに諭しながら、楠の木陰の草地に胡坐をかいて座った。傍らの草地を叩き、信吾にも座るように促した。

対決するかのように向き合って話し合うよりも、同じ方を向いて並んで話し合う方が話しやすい。互いに心を開くことができる。

信吾は文史郎の脇に並んで座った。

「文史郎様のお言葉、肝《きも》に銘《めい》じておきます。ご安心ください」

「それをきいて、それがしも安堵した。信吾、おぬしには永く生きてほしい。おぬしのような若者が死ぬような国は滅びる。ほんとうのおとなは己を捨てても、若者を大事にするものだ」

「はい。心に浸《し》みるお言葉です」

「信吾、おぬしもそろそろ元服し、そういう度量の大きなおとなになれ」

「はい。できれば、そうなりたいと思いますが」

「おぬしの元服式は、いかがいたす？」

文史郎は顔を見ずに、傍らの信吾に話しかけた。信吾の顔が歪んだ。

「それがし、脱藩して親から勘当された身でございます。両親もおらず、親族もそれがしを許してはくれますまい。そのような身の自分ですので……」

文史郎は信吾の話を遮った。

「それがしが親代わりになる。爺や大門、弥生が親族となり、立会人になろう。弥生の母がおぬしの母親の代理になろう。いいな」

「……は、はい。それがしのような者のために、お殿様に親代わりになっていただくなどとは、勿体《もったい》ないこと」

「遠慮はするな。元服式の場所は、ここ浄明寺にいたそう。円妙和尚にも立ち会っていただき、前髪を落としていただこう」

「ありがとうございます。それがし、嬉しくて、何もいうことができません」

信吾は目頭《めがしら》にそっと手をやった。

文史郎は信吾の肩に手をかけ、優しく叩いた。

「では、決まりだ。あとは日時だが、早い方がいいな。いつにいたす？」

「……五日後に、父が亡くなった月命日を迎えます。その日に、お願いできれば」

「よかろう。このあと、その日に本堂で元服式を行ないたいと、和尚に話しておく」

「申し訳ありません」

信吾は鼻を啜った。

「信吾様、よかったですね。おめでとうございます」

後ろから玉吉がお祝いをいった。

「ありがとうござる。ぜひ、玉吉殿も」

「いや、あっしのような野郎は、本堂の外でお祝いいたします」

「玉吉、何を遠慮する。おぬしも親族のようなものだ。元服式に立ち会え」

「はあ？　あっしのような者でも、いいんですかい？」

「構わぬ。大勢の立ち会いの方が賑わう」

「へい。分かりやした。まいったな」

玉吉は頭を掻いた。

文史郎は本堂を見ながら訊いた。

「ところで、大門からきいた。信吾、おぬし、折り入って、それがしに話したいことがあるそうだな」

「は、はい」

信吾は姿勢を正した。

「いったい、何の話だ？」

「殿は、人を殺《あや》めたことがおありでしょうか？」

「うむ。ある」

文史郎は本堂の甍《いらか》に反射する陽の光に目を細めた。

「信吾、おぬし、人を斬ったことがあるのだな」

「はい」

信吾はうつむき、両手で顔を覆った。

文史郎は信吾の肩に優しく手を回した。

「誰にもいえず、辛かったのだろう？」

「はい。辛くて辛くて死にたいくらいにございます」

「そうか。それがしもそうだった。辛くて辛くて斬った相手のことが目にちらついて、夜も眠れない日々が続いた。そうだな」

「はい」

「だけど、誰にも話せず、ほんとうに苦しかったろう」

「はい。苦しうて苦しうて……」

文史郎は人を斬って殺したときの後味の悪さ、不快さを思い出した。

忘れようとしても、いつまでも忘れることなく、手についた血の記憶がまとわりつく。斬った相手がいつも夢に現れる。逃れようにも逃れることのできない悔恨と慚愧《ざんき》の思い。自分でも二度と、そんな思いをしたくない。まして、元服もしていない少年に、誰が、そんなことをさせたのか。

文史郎は信吾の嗚咽をききながら、激しい怒りを覚えていた。

「堪《こら》えるな。思い切り泣くがよいぞ」

信吾は堰《せき》を切ったように、文史郎の肩に顔を伏せ、おいおいと大声で泣き出した。

文史郎は細かく震える信吾の肩を優しく撫でた。

「よしよし。すべて、それがしが引き受ける。だから、吐き出せ。苦しい胸のうちを全部吐き出すんだ」

文史郎は信吾が十分に泣き尽くし、収まるのを待った。

ようやく信吾は泣くのをやめた。

文史郎は穏やかに尋ねた。

「いったい、誰を斬ったのだ？」

「顔見知りの同志です。親しかった仲間を斬りました」

信吾は泣きじゃくりながら、斬った経緯をおずおずと話した。

文史郎は話をききながら、信吾がそういう立場に陥った様相を想像した。

やがて話し終わり、信吾は文史郎の肩から顔を離した。信吾は照れくさそうに笑った。

「男のそれがしが、女々《めめ》しかったですね」

「おう、ようやく笑顔を見せたか。それでいい」

「はい」

信吾は少しばかり気が晴れた様子だった。

「覆水盆《ふくすい》に返らず。後悔先に立たずだ。いつまでも、くよくよしても始まらない。二度と取り返しがきかぬと思え。だから、同じ誤ちは繰り返してはならぬ。いいな」

「はい」

信吾は腰につけた手拭いを取り出し、涙に濡れた顔を拭いた。

「殿に話をきいていただいただけで、少し気が楽になりました。ありがとうございます」

「うむ、それでいい」

文史郎は大きくうなずき、信吾の背を軽く叩いた。

「苦しかったら、それがしのところに来い。思い切り泣かせてやる」

「ありがとうございます」

信吾は心晴れた顔で礼をいった。

「ほかに何かあるかな？」

信吾はしばらく考えていた。やがて、口を開いた。

「サムライの本分とは、何でございますか？　それがし、分からなくなっております」

「うむ。そうだな。それがしは、こう思う。サムライの本分は、正義を守ることにあり、と」

「正義ですか」

信吾は考え込んだ。

「サムライは、正義を守るためには、命を懸ける。そのために武を磨き、武を尊ぶ。

そういう人間がサムライだと思っている」

「……そうですか。なんとなく分かってきました」

信吾は口の中でサムライの本分を反芻《はんすう》した。

「それがしのいまの思いだ。おぬしも、自分の頭でよく考えよ」

「はい。考えてみます」

信吾は明るく答えた。

「ほかに悩みがあれば、話せ。なんでもいいぞ」

「はい。……」

信吾は一瞬躊躇《ためら》ったが、意を決した様子で口を開いた。

「実は思い悩むことが、もう一つ、ございます」

「なんだ?」

信吾は頭を掻いた。

「……好きな人ができました」

「ははは。そんなことか。もちろん、女子だな」

「はい」

信吾は恥ずかしそうに横を見た。

初心《うぶ》な男だ。初めての恋なのか。

男は女に恋しておとなになる。男は女と付き合って一人前のおとなになれる。男を変えるのは女子だ。

「若いのだから、好きな女子ができて当然だ。それで、いったい、何が問題なのだ？」

「年上なのです」

「信吾、おぬし、いくつだ？」

「数え十七でございます」

「相手は？」

「おそらく二十歳くらいです」

「弥生と同じくらいだな」

信吾がぴくっと身動《みじろ》いだ。うなじが真っ赤になっている。

文史郎は、はっと思い当たった。

「そうか。おぬし、弥生に惚れたか」

「……はい」

やはりと、文史郎は思った。

文史郎は参ったな、と思った。文史郎も、心のどこかで弥生を憎からず思っている。しかし、己には、いまや形だけになったが、正室の萩《はぎ》の方《かた》がいる。そして、在所には愛妻の如月がいる。

だから、いくら弥生から慕われていると分かっても、これまで、決して手を出さなかったし、今後も手を出すつもりはない。

だが、憎からず思っている弥生に、言い寄る男は、容易には許さないという気持ちは依然として強くある。

それは弥生への父性愛ではない。純然たる男の恋する女への愛だ。実らぬ恋情であるがゆえに、かえって深い恋心になっている。

恋敵《こいがたき》になるというのか？

文史郎は苦笑いした。

まさか。己は信吾と恋する女を巡って争う恋敵ではない。それは、おとなげなさすぎる。

では、信吾の思いを、後押しせよというのか？　それはしたくない。

だが、口は心に反していった。

「男女の恋に年の差はないぞ」

「そうでしょうか。自分はまだ元服前の子供です」

「そのようなことは関係ないが、おぬしは間もなく元服して、人前のおとなになるではないか」

文史郎は信吾に訊いた。

「はい」

「堂々と胸を張って、弥生に思いを打ち明ければいい」

また口が心を裏切っていった。

信吾は哀しげに頭を振った。

「ですが、それがしは、人を殺《あや》めた男です。そんな男には弥生様を慕う資格がないと思うのです」

「そんなことは……」

文史郎は、心を裏切って話そうとする口を手で押さえた。

「え？」

「……黙っていればいい。二度と過ちはしない、と心に誓って付き合えばいいではないか」

また不本意なことをいってしまった、と文史郎は後悔した。

「ですが、弥生様は、それがしのことは眼中になく、ほかの人を慕っておられるご様子」

「うむ。そうかのう」

それは自分だという心の声が呻いた。

「大門様をはじめ、師範代の武田広之進殿や、門弟の高位者のなかにも、弥生様をお慕いしている男たちがいます」

「短い間に、よく分かったな」

「なんとなくですが、そう感じるのです」

恋する男は、相手の女子に思いを寄せる男たちに、すぐ気付くということか。そういえば、己も弥生に近付く男たちを敏感に見分けていたではないか。

文史郎は苦笑した。

「お殿様も、時折、弥生様に熱い視線を送っておられる」

信吾はちらりと流し目で文史郎を見た。

文史郎は図星を指され、少々どぎまぎした。慌てて、笑いながらいった。

「戯《たわ》けたことを申せ。それがしは妻帯者だぞ。独り身のおぬしらとは違う。からかうな」

「それだけ、弥生様は、皆さんから大事にされていることの証《あかし》でございましょう」

「それはそうだな」

「それがしは、はじめから片思いだとあきらめているのです。弥生様に幸せになっていただきたい、と」

「うむ」

「それには、いい男と巡り合っていただきたいと、心から思っているのです」

「そうか。信吾の胸のうちでは、その片思いの苦しさも抱えておったのか」

「でも、お殿様、それがしは、すっきりしました。それがしの片思い、お殿様さえ知っていていただければ、それがし、死んでもあきらめがつきます。思い残すこともありません」

「信吾、妙なことを申すな。おぬし、約束しただろう？　どんなことがあっても、生きろと。生き延びろ、と」

「……はい」

「それから、弥生が好きなら、好きだといってみろ。弥生は驚くかもしれんが、きっと冷静に受けとめてくれるはずだ。弥生にとって、おぬしは弟のような存在だからな」

「そうでしょうか」

また余計な気を持たせるようなことをいって。

文史郎は頭を振った。

「おおう。殿、御出《おい》ででしたか」

僧坊から、大門があたふたとやって来るのが見えた。

「和尚は、居られるか？」

「はい。いまお話ししていたところです」

「そうか。では、今度はそれがしが和尚のところに顔を出そう。ちと相談したい儀もあるのでな」

文史郎は信吾にちらっと目をやった。

信吾は「よろしくお願いします」と頭を下げた。

四

文史郎が大門とともに、長屋に戻ったのは、陽が西の山端に落ちたあとであった。

長屋には左衛門と、艶やかな浴衣姿の弥生が待ち受けていた。

「殿、お帰りなさい」

「文史郎様、お帰りなさいませ」

左衛門と弥生は、先に食事を済ませ、文史郎と大門の分の夕餉を用意していた。

「これはありがたい。さっそくに馳走になりますぞ。腹が空きました。腹と背がくっつきそうなくらいに」

大門はさっさと己の箱膳の前に胡坐をかいた。

文史郎も用意された箱膳の前に正座した。

「爺、弥生、今宵は、二人揃って食事の用意をしてくれたとは、どういう風の吹き回しなんだ?」

膳には、ぬる燗《かん》のお銚子まで付いていた。

浴衣姿の弥生が文史郎の脇に座り、銚子を差し出した。

「文史郎様、お疲れさまでした。お一つどうぞ」

「うむ。何の祝いかな」

文史郎は盃に酒を受けながら訊いた。

左衛門はにやっと笑った。

「殿、前祝いでござる」

「前祝いだと？」

「権兵衛から、知らせがありました。また警護の依頼があったそうです。警護するのは、イギリス公使一行です」

「ふうむ」

「イギリス公使代理ジョン・ニールは、よほど我らの働きを気に入ったらしい。書記のカレン女史が、特に弥生殿を気に入り、女サムライの弥生殿に、ぜひに身辺警護をしてほしい、と武島殿に依頼して参ったのでござる」

「そうなのです。だいぶ、それがしを信頼したみたい」

弥生は嬉しそうに笑った。

「それはよかった。それで警護の日は、いつになるのかな？」

「五日後です」

「場所はどこだ？」

「前と同じ接遇所です」

「うーむ。参ったな」

文史郎は大門と顔を見合わせた。

「その日には、すでに予定が入っておるのだが」

「何の予定ですか？」

「浄明寺で、信吾の元服式を執り行なう手筈になっているのだ。円妙和尚にお願いし、その日に本堂にて、元服式を行なおうと決めて来たばかりだ」

「殿、その日程は変えられませんか？」

左衛門が文史郎に訊いた。

「その日は、信吾の死んだ父上の月命日にあたる。それで、信吾のたっての希望で、その日にとなったのだ。変えにくいな」

「左衛門殿、イギリス公使たちの方こそ、日をずらすことはできませぬか？」

大門がいった。

左衛門はさあ、と首を傾げた。

「どうでしょう。権兵衛を通して、事情を話して交渉するしかありません」

五

翌日、昼過ぎに、長屋に戻って来た左衛門は文史郎に頭を振った。

「権兵衛に相手に日時の変更を打診してもらったら、答はだめだとのことでした。どうやら、その日、外国奉行と緊急の会談を行なうらしいのです」

「緊急の会談だと？」

「そうなのです。外国奉行は、幕閣といろいろと事前の折衝があって、ようやく、その日に決まったらしい。そのため、警護の都合で日程を変えるわけにはいかない、と外国御用出役の武島陣三郎様から叱られたそうです」

文史郎は訝った。

「緊急会談というのは、いったい、何について話し合うのだ？」

「武島殿が内密に教えてくれたところによりますと、ロシア国の軍艦が対馬《つしま》に現れ、多数の兵士を上陸させ、占領したそうなのです」

「ほほう。ロシアの軍艦がのう」

「対馬藩は幕府にロシア軍艦を打ち払ってほしい、と訴えた。幕府もロシア軍艦を打ち払いたいが、なにしろ、対馬はあまりに遠い。それに対抗する軍艦がない。そこで、急遽、イギリス海軍にお願いして、打ち払ってもらおうとお願いするらしいのです。そのため、今回は公使代理だけでなく、オールコック公使も出席するようなので、ぜひとも殿に警護をお願いしたい、とのことでした」

「ううむ。そんな大事を話し合うとすれば、確かに変更は無理だな」

文史郎は大門に向いた。

「大門、こちらが日程を変更するしかないな」

「そうですな。分かりました。あとで浄明寺へ出掛けて、信吾や和尚と話して来ましょう」

「うむ。月命日にせずとも、その前日か、あるいは翌日に元服式をすることで、調整して来てくれ」

「はあ。ま、なんとか、信吾も聞き分けてくれることでしょう」

大門はうなずいた。

「殿、それで、武島殿が至急にお会いしたいといっているそうです。外国奉行の邸にお越し願いたい、と。今度の警護について話し合いたいとの由です」

「分かった。すぐにでも参ろう。爺、支度をいたせ」

文史郎は立ち上がった。

六

外国奉行の屋敷は、外国御用出役の若手役人たちが引っきりなしに出入りし、いつになく緊張に包まれていた。

文史郎と左衛門は到着すると、早速に書院に通された。

書院の窓から庭の騒ぎが見える。

屋敷の広い庭では、新入りらしい若い役人が、年上の役人の指導で、攻め方、守り方に分かれて、要人警護の段取りや避難のやり方をくりかえし、行なっている。

ひと月ほど前には見られなかった光景だ。

「お待たせいたしました」

武島陣三郎が身軽な裁着袴姿で颯爽と現れ、円卓を挟み、二人の前の椅子に腰を掛けた。

「ずいぶんに人が増えましたな」

「お陰さまで、講武所の優秀な若手剣士を選抜し、さらに外国御用出役に志願する者も出ましてな。いま員数だけはどうにか二百人を超えました。今後も増やすつもりでございます」

「それはよかった」

「そうそう。それから、臨時の出役ではなく、外国御用出役改め、別手組となり、本手組の先手組などと並ぶ、幕府の制式な組の一つになりました。別手組の組員には、幕臣として、それぞれ二十人扶持以上が給与として出ることになります。これで、幕府の番方と肩を並べる組となり申したわけにござる」

　武島は誇らしげに胸を張った。

「それはいいですな。我らにも頼らずに別手組が、警護警衛に兵を派遣することができるわけですな」

「いえ、そういうわけではありません。まだまだ員数も足りず、武芸の力量も低い。しばらくは、貴殿たち相談人のお力をお借りせねば、やっていけないことも事実にござる」

「なるほど」文史郎は腕組をした。

「なにしろ、外国公館は、今後も増えつつあります。イギリス、アメリカ、フランス、オランダ、ロシア等々、さらに長崎や大坂ほかに、領事館も作られるとのこと。それら、全部を警衛し、公使、領事、通詞などを警護するとなると、いくら員数を増やしても、足りますまい」

　武島はあたりに人がいないのを確かめ、声を低めた。

「めったやたらに増やすと、どのような不穏分子が紛れ込まぬとも限らない。一人でも、そのような攘夷派が交じり、万が一、警護している外国人高官を襲うことが起こったら、それがしの首は飛ぶ。下手《へた》をすれば、腹切りでござろう」

「ふうむ」

「いまのところ、講武所通いの旗本の二、三男坊から選抜しているので、攘夷派狩りのために、食い詰め浪人たちを金で集めて編成した浪士隊に比べれば、まだ安心でござる。だが、それとて、水戸藩士の過激分子のような、幕臣であっても安心はできもうさぬ」

「……我らも食い詰め浪人のようなものだが」

「これは失礼。お気にさわったら、お許しください。殿たちのような武士は、別でござる。いまのご時勢、本物の武士はきわめて少ない。相談人の方々は、いずれも武士、サムライの鑑《かがみ》でござる」

文史郎は左衛門と顔を見合い、苦笑した。

「買いかぶらないでほしい。我らとてただの人。聖人君子にあらず。ときに武士であることが窮屈に思うことも多々あるのでな」

「ほんとにそうでござるな。殿」

左衛門が頭を振った。

「ところで、武島氏《うじ》、本題に入ろうではないか」

「これは失礼いたしました。今回は、前回に変わらず、接遇所での会談は、幕府にとって、ひいては日本国にとって、きわめて重要な話し合いになるかと思われます。それゆえ、攘夷派過激分子が、公使一行を狙い、会談を阻止するか、再び復路において公使一行を襲撃する怖れが大いにござる」

「どのような重要な会議なのか、少しでも分かれば、攘夷派の狙いを察知できるのだが。もちろん、他言無用だし、詳しくきこうとは思わぬ」

「分かりました。それがしたちも、外国奉行から固く保秘するよう命じられておりますゆえ、全部はお話しできませんが、要するにイギリスから軍事支援してもらえぬかどうかの話し合いなのです」

「ほう。イギリスからの軍事支援と申すと？」

「つい先だって、対馬へロシア軍艦が来航し、対馬の一部を占拠したのでござる。そのロシア軍艦を追い払うことが、我が幕府にはできそうにない。外国奉行がロシア公使に交渉して、交渉により引き揚げていただこう、としたが、なかなか、うまくいかない。そこで、イギリス公使にお願いしたところ、イギリス軍艦を対馬に派遣してくれた。ロシア軍艦に対してイギリス軍艦が威圧し、撤退を要求してくれているのです」

「なるほど」

「ついては、幕府としては、今後もイギリスに軍事支援をお願いできないか、という交渉なのでござる」

「ほほう。幕府は、イギリスを頼りにしておるというのか」

武島はいま一度、あたりに人の気配がないのを確かめていった。

「相談人殿、それが幕府内でも複雑でしてな。イギリス公使と繋がりを持つ小栗様ら幕府要路と、フランス公使と交流し、その支援を受けようとしている幕府要路もいるのでござる」

「ほほう」

「さらには、アメリカとの交流を図る要路もいるし、どの国とも均等に距離を置いて、交流しようという要路もいる。人さまざまで、互いに幕府内で駆け引きをなさっておられるのでござる」

「なるほど、それで、おぬしの立場は？　外国奉行の下にあるとなると、イギリスびいきとなるのか？」

「相談人殿、我らは外国御用出役上がりの別手組でござる。それも新設したばかり。正直、右も左も分からない状態。それに、外国奉行からの厳命は、相手がどの国の公使であれ、どの国の兵士であれ、守れということ。イギリス公使だから守り、フランス公使やアメリカ公使だから守らない、というわけにはいかないのでござる。ともあれ、誰であれ、外国人はお守りする。幕府と外国公使の間の通訳をする通詞も、お守りせよ、というのが命令でござるのでな」

「それはそうだな。お守りする人を選別していては、相手も困ろう」

「しかも、二六時中《にろくじちゅう》、公使の方々、公館をお守りしているのが、我らの任務だとして、これでは守りに過ぎると思われませぬか」

「ふむ。確かに」

「我ら別手組は、出来たてのほやほやだから、いまは余力がないので、待ちの守りに徹するが、やはり最大の防御は攻めでござろう。敵を攻めて潰し、攻撃を防止する」

「なるほど。確かにそうだ。守る側は、いつ何時敵が攻めて来るか、攻めて来るまで分からない。一方、攻める側は、いつでも、いかなるときにでも、自由に攻めることができる。守る側の圧倒的な不利は否めないな」

武島はしかり、とうなずいた。

「そこで、相談人殿たちへのお願いなのでござる。我らの代わりに、イギリス公使と幕府要路の秘密会談を嗅ぎ付けたり、公使を襲って破談にしようという輩を見付けてほしいのです」

「ううむ」

文史郎は考え込んだ。

「敵の正体や隠れ家さえ分かれば、それがしたち別手組も駆け付け、相談人殿たちとともに、敵を摘発いたします」

「先日の襲撃事件でも、火付盗賊改めが駆け付け、下手人たちを追及しておるぞ」

「火付盗賊改めは、先手組の加役。確かに、町方奉行所が追えないような、火付けや武装強盗団を捕縛したり、拷問にかけ、自供させ、犯罪撲滅をめざす番方ですが、はっきり申し上げて、武骨極まりない輩です。彼らは、我ら別手組のことを、毛唐夷狄を守る日本人のくずみたいな幕臣だと見下《みくだ》している。情けない。外国奉行の苦労や日本の行く末など、まったく考えもしない」

「確かに、そういう異人嫌いがおるのう」

文史郎は隣の左衛門をちらりと見た。

左衛門は澄ました顔で文史郎を無視した。

「そういう異人嫌いに、攘夷派を取り締まれると思いますか？　捕らえても、同情して、厳しくは追及しないでしょう」

「そうかもしれないな」

文史郎は、火盗改の与力頭矢部透馬を思い浮かべた。

矢部も、確かに攘夷派の過激分子を追ってはいたが、一方で、攘夷の考えには共鳴するような発言をしていた。

「いかがでしょう？　我ら別手組が盾《たて》を、相談人殿たちが矛《ほこ》を受け持っていただくというのは？」

「よかろう。では、我らは別手組の別働隊になり、敵を攻めるというわけだな」

「引き受けていただき、ありがとうございます。これで、一安心でござる」

「今度襲うのも、前回と同じ攘夷派の志士団だと見ておるのだな」

「まず、間違いありません」

武島陣三郎はうなずいた。

「あ、そうそう。お願いが一つありました。公使一行の書記カレン女史が、男サムライばかりの警護は嫌だと公使に訴えておられるらしい。女サムライの弥生殿に警護を頼みたい、というのです。いかがでしょうか？　当日、カレン女史の身辺警護を弥生殿にお願いできないでしょうか？」

左衛門が文史郎に代わって返答した。

「弥生殿にきいたところ、喜んでと引き受けると申しておりました。お引き受けするとお伝えください」

「それはよかった。きっとカレン女史も大喜びなさると思います。では、当日、東禅寺のイギリス公館に御出でいただけるよう、弥生殿にお伝え願います」

「承知した」

左衛門は大きくうなずいた。

武島陣三郎は円卓の上の鈴を振って鳴らした。甲高い金属音が立った。

「では、とりあえずの軍資金をお払いいたします」

しばらくすると、執事が切餅を三個載せた盆を掲げて入って来た。

七

文史郎は、外国奉行の屋敷からの帰り、弥生の大瀧道場に寄った。弥生にカレン女史の警護を依頼するためだ。

道場はちょうど閉まったところで、門弟たちがぞろぞろと玄関から出て来た。

文史郎を知っている門弟たちは頭を下げ、挨拶の声をかける。

文史郎も門弟たちに挨拶を返しながら、道場に上がった。

道場には稽古を終えた師範代や高弟の高井たちの姿があった。

文史郎は見所に座った師範代の武田広之進に声をかけた。

「弥生は？」

「上がって、奥におられます。おそらく、お風呂ではないか、と」

「そうか。上がったら、そのうち出て来るだろう。ちと、おぬしと話がしたい」

武田は怪訝な顔をした。

「なんでしょう？」

「道場の懐具合は、どうなのだ？」

「おかげさまで上々です。大門殿の評判もいいし、門弟も以前の三倍に増えてますし」

「そうか。それは結構なことだ。ところで、おぬしと弥生の間は、うまくいっているのか？」

「もちろん、悪くはありませんが……」

「男と女の関係だよ。うまくいっているのか？」

「はあ。そっちの方はなんともいえません」

武田は頭を掻いた。

「ううむ。弥生は結構我儘な女だからな」

「文史郎様、何か私の噂をなさってました？」

奥の廊下の出入口から、濡れた髪を手拭いで拭きながら、弥生が現れた。

「いや、なんでもない。道場の経営はうまくいっているのかどうかきいていたところだ」

弥生は笑いながら、洗い立ての黒髪を無造作にたくし上げた。さらに髪をひっつめに後ろに回し、頭の後ろに束ねて結った。

「そうそう。文史郎様にご相談しようと思っていたことがあるんです」

「何かな？」

「そろそろ、師範代の武田を師範に格上げすべきではないか、と。なにしろ、武田は生前の父上から、私同様に免許皆伝を伝授されているわけですし」

「それはいい。賛成だ。武田は見るからに師範の風格も備えている」

「ありがとうございます。身に余る光栄です」

武田は顔をほころばせ、文史郎と弥生に頭を下げた。

「それから筆頭門弟の高井を師範代に抜擢しようかとも。これは武田師範の意見をきいた上で決めたいと思いますが」

「おう。それもいいな。このところ、高井はめきめきと腕を上げておるように見ていた。師範代の資格は十分にある」

「殿、ありがとうございます」

高井が礼をいった。

弥生は嬉しそうに笑った。

「これで、私、安心して道場を武田師範と高井師範代に預けて、相談人のお仕事ができるというものです」

「あ、そういうことだったのか。さすが、弥生、深慮遠謀《しんりよえんぼう》だのう」

文史郎は頭を振った。

「ところで、弥生。カレン女史の警護の件だが、やはり武島から頼まれた。引き受けるか？」

「もちろんです」

「危険だぞ」

「危険は覚悟の上です。それがしは相談人でもあるのですから」

弥生が、それがしという男子言葉を使うときは、剣士になりきっている。

「武田師範、高井師範代、それがしが留守の間、道場をよろしうお願いします」

「はい。ご安心を」

武田は弥生に頭を下げた。それから徐《おもむろ》に顔を上げ、釘を刺した。

「弥生殿こそ、あまり無茶をなさらぬようにお願いします。道場主であることは変わりないのですから」

「そうですよ。それから、いざとなって、助けが必要でしたら、遠慮なく、我らを呼び出してくださいな」

高井が付け加えた。弥生は笑いながら、うなずいた。

「分かりました。でも心配無用。それがしも、十分に気を付けます」

玄関先に人の話し声がきこえた。

「殿、殿はおられるか？」

先に長屋に帰ったはずの左衛門の声が響いた。

「たいへんでござる」

大門の声もきこえた。

二人の後ろに遠慮がちな様子の玉吉の姿もある。

左衛門と大門は、あたふたと道場に上がって来た。

「二人とも、いったい、いかがいたしたのだ？」

大門が渋い顔で応えた。

「昼間、浄明寺に参ったのです。そうしたら、信吾の姿が、境内のどこにも見えない。それで和尚に尋ねたのです。そうしたら、今朝、七、八人の侍が寺にやって来て、信吾を連れ去ったというのです」

「なに？　火付盗賊改めが信吾の居場所を嗅ぎ付けたというのか？」

「いや、どうも、火付盗賊改めではなさそうなのです」

「と申すと、誰だというのだ？」

「その七、八人の侍たちの頭《かしら》らしい男は、痩せた体付きをした、骸骨《がいこつ》のような異形《いぎょう》の顔をしていたそうなのです」

「……川北厳斎。すると、志士団が信吾の居場所を嗅ぎ付けたのか？　しかし、どうやって居場所が分かったというのだ？」

文史郎はいいながら合点《がてん》した。

「そうか。次郎太か堅蔵が志士団の誰かに、信吾の居場所を洩らしたのだな」

「おそらく、そうなのではないか、と」

左衛門がうなずいた。

「連行される信吾の様子は、どうだったのだ？　大門」

「和尚の話では、連れて行かれる際に、和尚のところにわざわざ別れの挨拶に参ったそうなのです」

「挨拶をした？　信吾は彼らに拉致《らち》されたわけではないのか？」

「そうではないようです。若侍たちに囲まれても、なんら抵抗せず、大小を腰に差し、おとなしく僧坊から出て行ったそうです」

「つまり、信吾は仲間の志士団に戻って行ったというのか？」

「そうだと思われます」

大門は頭を振った。

文史郎は訝った。

信吾は、あれほど人を斬ったことを悔いていた。その信吾がまた同志たちの許に戻るとはとうてい考えもできなかった。

「大門、信吾は和尚に、どのような別れの言葉をいっていた？」

「殿への伝言もありました。いろいろお世話になりました、と感謝の言葉をいい、殿には特にサムライの本分について教えていただき、胸に深く刻み付けたと、自分もサムライの本分を果たす所存とお伝えください、と」

「サムライの本分を果たすか」

　文史郎は腕組をして考え込んだ。

　弥生が訊いた。

「そのサムライの本分について、信吾になんと申されたのです？」

「サムライの本分は正義を守ることだといった」

「文史郎様、その正義とは何なのです？」

「天に恥じることなき道義だ。人の道に反することなき義だ」

「攘夷は正義といえますか？　もし、信吾が攘夷を正義だと思えば、信吾は再び異人斬りをするつもりとなりましょう」

　文史郎は頭を振った。

「攘夷は正義とはいえん。信吾は、それが分かったはずだ。たとえ異人といえ、それだけで人間を殺すのは道義に反する、と」

　大門が唸るようにいった。

「殿、そうなると信吾の身は危ないのでは？　信吾が攘夷を正義としなければ、川北厳斎は信吾を裏切り者として斬るでしょう」

「うむ。まずいな。なんとしても、川北厳斎たちの隠れ家を見付け、信吾を助け出さねば」

文史郎は意を決した。

「爺、赤穂藩の江戸屋敷は、どこにある？」

「殿、なぜ、赤穂藩邸を調べるのです？」

「角次郎太と城山堅蔵を捕まえる。彼らのどちらも信吾の居場所について、絶対に他言しないと誓った。だが、どちらかが誓いを破ったのだろう。そいつが、川北厳斎の居場所を知っているはずだ」

「なるほど」

「二人は脱藩せず、江戸詰だといっていた。とすれば、赤穂藩の上屋敷か下屋敷、あるいは中屋敷のどこかに住んでいる」

「そうしたことに詳しいのは玉吉です」

左衛門は玄関の式台に座った玉吉を手招きした。

「玉吉、ちょっと来てくれぬか」

「へい」

玉吉はのっそりと式台に上がり、道場に入って来た。

八

二日が過ぎた。

ようやく玉吉が、赤穂藩邸の中間《ちゅうげん》小者たちにあたり、下屋敷に角次郎太と城山堅蔵が詰めているという話を聞き付けた。

左衛門と大門が交替で、日がな一日、下屋敷に張り込んだ。

しかし、次郎太も堅蔵も、なかなか屋敷の外に姿を現さなかった。

イギリス公使との会談の日は、三日後だ。

痺れを切らした文史郎は、左衛門に文史郎の手紙文を持たせて次郎太を訪ねさせた。

信吾が何者かに拉致された。ぜひ、角次郎太に事情を尋ねたい、と記した内容の手紙だ。

屋敷の玄関先に姿を現した次郎太は、左衛門を見ると、一瞬顔を強《こわ》ばらせた。

「近くの茶屋で、殿が待っている。ぜひ、話をききたい」

左衛門がいうと次郎太は観念したようにうなずいた。

左衛門は次郎太を連れ、文史郎が待つ水茶屋「山田《やまだ》」にやって来た。

桟敷に座っている文史郎を見るなり、次郎太は文史郎の前に土下座して謝った。

「相談人様、も、申し訳ありません」

文史郎は次郎太を睨んだ。

「おぬしが武士の誓いを破って、川北厳斎たちに、信吾の居場所を洩らしたのか？」

「いえ。それがしではございません」

次郎太は平伏したままいった。

「では、城山堅蔵が洩らしたと申すのか」

「申し訳ございませんが、信吾の居場所を川北厳斎先生に洩らしたのは、堅蔵に間違いありません」

「次郎太、おぬしは堅蔵一人に罪を負わせ、言い逃れするつもりなのか」

「いえ、それがしも同罪です。居場所を洩らすのは武士の誓いを破ることだからやめろ、と堅蔵を引き止めたのです。ですが、結局、堅蔵はそれがしのいうことをきかず、脱藩してしまった。それがしは堅蔵を止めることができなかった。ですから、それがしも堅蔵と同罪にございます」

文史郎は穏やかにいった。

「分かった。おぬしは誓いを守ろうとしたのだな。しかし、堅蔵はおぬしを振り切って、居場所を川北厳斎に洩らしたと」

「さようにございます」

「何があったのか、説明してくれぬか」

「はい」

次郎太は顔を上げた。

「堅蔵は、信吾が脱藩したあと、自分も脱藩しようと機会を狙っていたのです。脱藩して川北厳斎先生率いる志士団に入れてもらおうとしていた」

だが、川北厳斎は、容易には堅蔵を信用しなかった。信吾が脱藩しようと堅蔵を誘ったとき、言《げん》を左右にして、脱藩に応じなかったのを知っていたからだ。

川北厳斎は、信吾の居場所を見付けて来れば、堅蔵を同志として認め、志士団への入団を認めようといった。

そこで、浄明寺からの帰り、堅蔵は川北厳斎を訪ね、信吾が文史郎たちに助けられ、いまや木剣を振るえるまでに回復したと告げた。

そこで、堅蔵は彼らの仲間に加わった。

「それがしは、川北厳斎先生たちの攘夷運動に疑問を持っていたので、仲間に加わるつもりはありませんでした。そのこともあって、堅蔵は、それがしを振り切り、脱藩したのだと思います」

次郎太は申し訳なさそうに顔を伏せた。

文史郎は優しく尋ねた。

「堅蔵が誓いを破ったために、信吾は志士団に引き戻された。信吾は、おぬし同様、川北厳斎や志士団の攘夷の行動に疑問を抱いている。そのため、信吾の命が危うくなっている。おぬし、川北厳斎の居場所を存じておるなら、教えてくれ。信吾を救い出さねばならないのだ。協力してくれぬか」

次郎太は顔を上げた。

「分かりました。お教えします。志士団は、転々と隠れ家を移しますが、いまはまだ越していない、と思います。どうか信吾を、そして堅蔵も助けてください」

次郎太は深々と文史郎に頭を下げた。

九

次郎太が案内した先は、接遇所や東禅寺から、さほど遠くない武家地の中の廃寺だった。

荒れた寺の本堂や僧坊には、数十人の侍たちが屯《たむろ》し、周囲の警戒も物々しかった。寺の周囲には、半ば崩れてはいるが、築地塀が巡っている。見張り番が築地塀の各所に付いている。

玉吉が調べたところによると、本堂の廃屋に志士団の幹部たち五、六人が寝泊りし、荒れ果てた僧坊の各部屋に、二、三十人の侍たちが宿泊していた。

侍たちはひっきりなしに廃寺に出入りしていた。

寺の境内は草茫々《ぼうぼう》で、木々も生い茂っていて見通しは悪い。

厨房では、雇われた賄《まかな》い婦たちが、志士たちの食事を用意していた。米や野菜の食材は近くの長州藩邸から運び込まれているとのことだった。

志士団は少なくても三十人はいる。

文史郎たちだけでは、志士団に斬り込んでも、信吾を助け出すことができるかどうか、難しい。

文史郎たちは、廃寺から一丁ほど離れた空き家に陣取った。

物見から帰った玉吉が文史郎にいった。

「殿、僧坊の奥の部屋が、どうやら座敷牢のように使われているようです」

玉吉は座敷の畳の上に広げた見取り図の僧坊を指差した。

左衛門は溜め息をついた。

「殿、こんな大勢の志士団相手では、我らだけでは、とても信吾を助けられないですな」

「多勢に無勢。加勢を呼びましょう」

大門も呻くようにいった。

文史郎は意を決して、火付盗賊改めの矢部透馬に通報した。川北巌斎の隠れ家が分かったら、矢部透馬に通報するという約束もある。

別手組を呼びたいが、まだ新設されて間もなくで、捕物は経験不足だ。それに、公館や公使への張り付き警護に員数を割かれ、捕物に回す員数はそれほど多くない。捕り逃がすかもしれない。

イギリス公使との会談は明後日の正午過ぎだ。

どんなに遅くても、明日夜までに志士団を制圧せねばならない。

大勢の火付盗賊改めの侍たちを率いた矢部透馬が到着したのは、午後遅くであった。

矢部は早速に、北岡を連れ、廃屋の様子を探りに行った。

戻って来た矢部は興奮した口調でいった。

「よくぞ知らせてくれた。あとは、我ら火付盗賊改めに任せてくれ。敵は三十人から四十人としても、我らが廃寺を包囲し、一網打尽にいたす。よろしいな」

「ちょっと待て。間もなく、別手組頭取の武島陣三郎も駆け付ける。元々は別手組の事案だ。手入れするにも、火盗改と別手組で折り合った上でしてほしい」

「なんだ。新参者の別手組が出て来るというのか？」

与力頭の矢部は不満げに毒突いた。

「殿、来ました」

左衛門が文史郎に告げた。

家の玄関先に、数頭の馬が止まり、別手組頭取の武島陣三郎たちが乗り込んで来た。

「おうご苦労さん」

座敷に陣取った文史郎は、憮然とした武島を呼んだ。

「相談人、どうして火盗改を呼んだのだ？　これは我らのヤマではないか」

矢部は気色《けしき》ばんだ。北岡たちが刀の柄に手をかけた。

「何をいう。先に我らの助けを呼んだのは、そちら外国御用出役ではないか。こういう連中は我らに任せればいい。おぬしらは、夷狄のお守りでもしていればいいんだ」

「なにをいうか」

武島の部下たちも、血相を変えて北岡たちに対峙した。

「待て待て。皆の衆、落ち着け。引け。打ち込みを前に、味方同士が争っていては、敵を利するだけだ。ここは、それがしが統制する。いいな」

文史郎は大声で双方にいった。大門と左衛門が双方を宥めた。

「志士団を捕《と》るのは、矢部殿の火盗改隊に任せる」

「そう。それでいい」

矢部は満足そうにうなずいた。

武島が不満そうに文史郎にいった。

「我ら別手組は、いかがいたす？　員数が少なければ、すぐに呼ぶが」

「武島殿の別手組を呼んだのは、後詰《ごづ》めとしてだ。万が一、火盗改の包囲網を突破する者がいたら、別手組が追捕する」

「後詰めでござるか」

武島は苦々しくいった。

「別手組は、まだ敵を捕縛する経験が不足しておろう。おぬしらの役目はあくまで守りの警護警衛だ。ここは攻めの得意な火盗改に任せよう。いいな」

「了解した。相談人に従うぞ。いいな」

武島はうなずき、配下にも目配せした。

矢部は配下の幹部たちを見回した。

「打ち込みは、明朝早く。まだ敵が眠っているうちにやる。小松《こまつ》隊は裏手から、太田《おおた》隊は東側から突入。坂本《さかもと》隊は西から行け。本隊は正面本堂から突く。万が一に備えての後詰めは、別手組。以上だ」

文史郎は矢部に向いた。

「打ち込みにあたって、矢部殿、及び火盗改の方々に頼みがある」

「なんだ？」矢部が訝った。

「囚われている信吾を最優先で助け出してほしい」

「相談人、あの一刀の下、斬られた少年か？」

矢部が訊いた。

「もしや、それがしが斬った男か」

武島が顔をしかめた。

「そうだ」文史郎はうなずいた。

「おそらく信吾は囚われの身になっていると思われる。玉吉の調べでは、番奥の僧坊の一室が座敷牢となっていると見られる。ここだ」

文史郎は畳の上に広げた見取り図の一カ所を指で押さえた。

「よし。囚われの者を無事救出すればいいのだな」

矢部はうなずいた。

「分かった」「了解」

火盗改の部下たちも大声で返事をした。

十

東の空が白みはじめた。

どこかで雄鶏が朗々と鳴き、夜明けを告げている。

与力頭矢部の指揮の下、火付盗賊改めの捕手隊は、一斉に行動を開始した。

先遣隊が、各所の見張りを制圧する。

文史郎は、大門、左衛門とともに、次郎太、玉吉を連れて、矢部の本隊に同行した。

まだあたりは暗く、廃寺の境内は闇に覆われていた。

与力頭の矢部透馬をはじめ、火盗改の面々は、いずれも兜《かぶと》こそ被らぬが腹巻姿の戦《いくさ》出立《いでた》ちだ。敵の飛び道具に備えて、鉄砲組、弓手組までいる。

「かかれ！」

馬上の矢部透馬は号令をかけた。それとともに騎馬隊が四方八方から境内に突入した。

朝靄をついて、薄暗がりの中を、火付盗賊改めの捕手たちが喚声を上げて、本堂や僧坊に突っ走って行く。

文史郎は、武島や大門と馬の轡《くつわ》を並べ、馬上から、打ち込みの様子を眺めていた。

扉や雨戸が破られ、物の壊れる音が響いた。

あちらこちらで、刀を打ち合う音が起こり、悲鳴や怒声、罵声が上がる。

次第に陽が昇り、廃寺の境内が明るくなっていく。

刺股や突棒、袖搦などを持った捕手たちが本堂の扉や雨戸を蹴破り、堂の中に飛び込んだ。しばらくすると、捕手たちが、志士団の幹部たちを捕縛して、外に連行して来る。

矢部透馬が本隊を率いて突入した本堂が陥落した。

矢部は続いて激戦の続く僧坊の掃討に駆け付ける。

文史郎は馬の両腹を蹴り、本堂に走り寄った。

捕縛された幹部たちは、寝込みを襲われ、ほとんど抵抗らしい抵抗もできずに捕まったらしい。

彼らの中に川北厳斎の姿はなかった。

「爺、大門、信吾を探せ」

文史郎は怒鳴るようにいった。

左衛門も大門も馬から飛び降り、僧坊の一番奥の部屋をめざして走った。

文史郎は馬上から境内を見回した。

茫々の草を分けて、何人かが逃げて行く。

「追え。逃がすな」

武島が配下に命じ、馬を走らせて追う。

配下の別手組の隊員たちが逃げる侍たちを追い掛けて行く。

いない。川北厳斎もいない。

文史郎は馬の手綱を引き、馬を宥めながら、あたりを見回した。

戦いは終わりかけていた。

僧坊の方でも、捕手に捕縛された侍たちが髪を振り乱した寝巻姿で引立てられて来る。

「信吾、どこにいる！」

次郎太が捕縛された男たちに駆け寄り、一人一人を調べていた。

最後に厨房や物置、納戸で捕手と侍の間で小競り合いがあったが、たちまち侍たちは制圧された。

「与力頭！　囚われていた者、一人解放しました」

僧坊の廊下の奥から声が上がった。

捕手たちが、戸板で男を運んで来るのが見えた。戸板の上には、手足を縛られた若侍が横たわっている。

矢部透馬が怒鳴った。

「生きているか？」

「気は失っているが、生きている」

捕り手が報告していた。

「……信吾」

次郎太が戸板に駆け寄った。

文史郎は馬を駆り、戸板で運ばれる男の傍に寄った。

「次郎太、信吾はどうだ？」

「違いました。信吾ではありません」

「なにい」

「……堅蔵！　堅蔵、しっかりしろ！」

次郎太は戸板の男にすがって叫んだ。

なに、堅蔵だと！

「気を失っていて、返事をしません。しっかりしろ、堅蔵！」

次郎太は堅蔵の軀を揺すっていた。

大門と左衛門が僧坊から出て来た。

「おーい、殿、見つかりません。信吾がいない」

「信吾の姿がありませんぞ」

大門と左衛門が怒鳴るようにいった。

なに？　信吾はどこに行ったのだ？

文史郎は馬上から、すっかり明るくなった境内や林を見回した。

周りの人影は皆、火付盗賊改めの捕手か捕まった侍たちだった。

川北厳斎は、どこだ？

矢部の騎馬が、文史郎の馬に駆け寄った。

「ほぼ全員を捕らえた。この中に川北厳斎はいるのではないか」

「いない。簡単に捕まるようなやつではない」

文史郎は焦った。

逃げられたか。

それとも、川北厳斎も信吾もはじめから廃寺にはいなかったか？

文史郎は馬の手綱を引き、馬上から周囲を見回すのだった。

十一

廃寺の境内の木立にも、蟬時雨が沸き起こっていた。

文史郎は荒れ寺の本堂に足を踏み入れた。

志士団の幹部たちが使っていた本拠だ。いろいろな書籍が散乱している。文史郎は『大日本史』やら『講孟箚記《こうもうさっき》』などの冊子を拾い上げた。

書籍には何の罪もない。文史郎は埃や塵を叩き払い、懐《ふところ》に入れた。

文史郎は堂内を見回した。

堂の中は薄暗く、空気が澱んでいた。

暗がりの中に阿弥陀如来像が静かに佇んでいる。

文史郎は阿弥陀如来に、しばらく手を合わせ、信吾の無事を祈った。

廃寺の建物はもちろん、境内、その周辺を隈《くま》無く探したが、川北厳斎の死体も信吾の死体も発見されなかった。

武島率いる別手組も、逃れようとした侍四人を捕らえたが、その中にも川北厳斎も信吾もいなかった。

だが、次郎太は、確かにこの廃寺に川北厳斎がいたと証言している。

もし、川北厳斎が、この隠れ家から出たとしたら、まだどこかに別の隠れ家を用意しているのかもしれない。そうなると、頭取武島不在の公館警護は危険極まりない。

文史郎は用心のため、武島に、ここの後始末を火付盗賊改めに任せて、至急外国公館に戻るように勧めた。

僧坊に足を踏み入れた。

玄関脇の荒れた畳の上に敷かれた布団に、堅蔵が寝ている。

傍らでは、次郎太が心配そうに濡れた手拭いで額を冷やしていた。熱が出ているらしい。

「どうして、堅蔵はこんな目に……」

次郎太は悲しげに頭を振った。

堅蔵は、まだ気を取り戻していない。

堅蔵の手足や軀には焼き鏝《ごて》をあてられたり、縄目のついた痛々しい痕があった。厳しい拷問をかけられていた。

川北厳斎は、いったい、堅蔵から何を聞き出そうとしたのだろうか？

堅蔵は、川北厳斎たち志士団の攘夷を信じて脱藩し、参加するために馳せ参じたはずなのに。

「次郎太、堅蔵が気を取り戻したら、信吾の行方について訊いてくれ。川北厳斎が、どこへ消えたのかも心配だ」

「はい。尋ねます」

次郎太は唇を噛んだ。

きっと次郎太も、浄明寺に信吾を尋ねたことを後悔しているのに違いない。

「おう。相談人、ここにいたか」

矢部が腹巻姿のまま、僧坊の玄関に入って来た。小袖や裁着袴、腹巻に血を浴びている。

「生きて捕縛した者、二十一名だ。負傷者双方で十八名。うち七名は我が方だった。斬り死にした者、彼我合わせて五名。うち我方一名だから、敵の損害大というところだろうな」

番方の武士は、戦が専門で、人の生き死に鈍感になっている。そうでなければ、戦などできないだろう。

「これだけ、志士団に壊滅的な打撃を与えたのだから、いくら川北厳斎と数人が逃げ延びたとして、公館や公使一行を襲うなんぞはできんだろう」

矢部は豪快に笑った。文史郎はいった。

「川北厳斎のほか、何人いなくなったのか分からぬのだ。少数でも、攘夷派過激分子は油断ができんぞ。ここにいた連中以外にも、攘夷派浪士は多数いるだろうからな」

「分かっておる。心配するな。これから、こいつらを絞り上げ、どこに、どんな連中がいるか、吐かせる」

火付盗賊改めの取り調べは、町方奉行所の取り調べの比ではない。水責め、石責め、火責め、なんでもありだ。あまり手荒いので、拷問死させまいと、火付盗賊改めは老中支配になっている。

死刑は、老中の許しがないと、執行できないことになっている。そうでないと、火盗改は罪人を責めて罪のないことまでも白状させ、かってに死刑にしかねないからだ。

矢部は文史郎に訊いた。

「これから、相談人は、いかがいたすつもりだ？」

「大きな声ではいえんが、明日、例の接遇所で、イギリス公使たちと幕閣が秘密の会談を持つ。その警護を手助けせねばならぬ」

「そうか。明日か。分かった。捕まえた連中の中に、明日、川北厳斎が何をやるつもりなのか、知っている者を見付け出す。何か分かったら、別手組ではなく、相談人、おぬしに連絡しよう。ま、待っていてくれ」

文史郎はうなずいた。

「しかし、いずれも憂国の志士だ。あまり痛めつけないでくれ」

「分かっている。それがしとて、心の中は、毛唐嫌いの攘夷派なのだから」

矢部透馬はにやっと笑い、馬上の人となった。火盗改の捕手たちが、数珠繋《じゅずつな》ぎにした者たちを立たせた。

「では、出発だ」

矢部は馬の尻にムチを軽く入れた。馬は歩き出した。

首に縄を掛けられ、数珠繋ぎになった捕虜たちが一列縦隊になってのろのろと歩き出した。

これで市内を引き回され、火盗改の屋敷にまで連行されるのだ。

文史郎の傍に寄って来た大門がぽつりといった。

「非道い扱いですな。可哀想だ」

いっしょにいた左衛門も顔をしかめた。

「だから、火盗改は評判が悪いんですよ」

文史郎たちの前を、火盗改の役人たちは、笑いながら過ぎて行く。

文史郎は深い溜め息をついた。

十二

信吾は大刀を抱えた格好で、離れの壁に背を凭《もた》れて座っていた。

開け放たれた掃き出し窓から、屋敷の白い築地塀が見える。

緑の木立から降る蟬時雨。

浄明寺でもきこえた蟬の声だ。

短い夏を精一杯鳴き立てている。

信吾は臍《ほぞ》を嚙んだ。

一人斬るも二人斬るも同じではないか。

耳に川北厳斎先生の声が残っている。

濡れ縁に腰掛けた若侍たちが、ひそひそ話をしている。きこえてくる話の断片を集めると、どうやら、明朝決行する襲撃への決意を言い合っているようだった。

川北先生が四鬼子と呼んでいる若侍たちだ。

四人は赤鬼、青鬼、白鬼、黒鬼と呼び合っている。名は分からない。

いずれも元服して前髪を剃り落としているが、自分よりもきっと若い。同じ年ごろかもしれない。

四鬼子たちも、緊張した面持ちで思いつめている様子だった。

自分も彼らに混じって話ができたら、どんなに気が楽だろう。

もし、弥生殿がここにいたら、己はきっと告白している。最後の最後、己の思いを告げることができたら、どんなに幸せな人生だったことか。それができないことだけが心残りだった。

渡り廊下を歩く足音が響いた。川北厳斎先生だ。

信吾は大刀を抱えた姿勢で、身を起こした。

川北先生は離れに入って来るなり、皆、集まれといった。

濡れ縁にいた四人の若侍たちは部屋に入り、川北厳斎の前に正座した。信吾も正座しようとすると、川北先生は、おまえはそのままでいい、といった。

「いま報せが入った。本拠地の寺が、今朝襲われた。火付盗賊改めたちによって、十人近くが殺され、三十人以上が捕まった。逃げた者は二人しかいない」

若侍たちに動揺が走った。

「従って、明日の襲撃は、我々だけで決行する。生きて帰れると思うな」

「はいっ」

四人の若侍は声を揃えて力強く返事をした。顔面は蒼白になっている。

「おぬしたちの命、わしに預けてくれ。いいな！」

「はいっ」

「我らは、お国のための人柱になる。一人多殺。夷狄は皆、成敗しろ。容赦するな」

「はいっ」

「夷狄を警護する者も殺《や》れ。邪魔する者は、すべて敵だ」

「はいっ」

川北厳斎は、信吾に向き直った。

「信吾、おぬしとそれがしが二輪の車輪となれば無敵だ。何者が来ようが、秘太刀蟷螂を振るい、斬り伏せる。おぬしを斬った武島陣三郎に復讐できる……」

信吾は川北厳斎の話を遮った。

「先生、それがしとの約束は、どうなりましたか？」

「心配するな。約束は守る。武士に二言はない。堅蔵は別の隠れ家に移した」

「ほんとうですね」

「おぬしが、ちゃんと義挙をやれば、堅蔵は無事解き放つ」

「約束は守ってくれるのですね」

「なんどいったら分かる。堅蔵は、我々を敵に売った裏切り者だぞ。ほんとうなら即始末していたところだ。おぬしが帰って来たから、代わりに堅蔵の命を助けただろうが」

「…………」

「わしは嘘はつかぬ。わしを信用できぬというのか？　信吾」

川北厳斎の落ち窪んだ目に怒りの炎がちらついた。

若侍たちは、はらはらして、二人のやりとりを見ている。

川北厳斎は、腰に小刀を差しているだけだ。いまなら、先生を斬ることができるかもしれない。

信吾は大刀の柄に手をそろそろと伸ばした。

川北厳斎が信吾の殺意を悟ったように、頬を歪めてにやっと笑った。

「信吾、おぬし、わしを斬るつもりか」

信吾は手を止めた。川北厳斎の半眼にした目が四人の若侍の脇に置いた大刀を見ている。

信吾は悟った。少しでも動けば、川北厳斎は、最も近い若侍の大刀を摑み、そのままの姿勢で居合い抜きして、信吾を斬る。

「いえ。先生を信用します」

「ならば、いい」

川北厳斎は、信吾の動きに用心しながら、若侍たちにいった。

「わしの合図で、おぬしら四鬼子が飛び出し、警護の者たちを引き寄せる。その間に、わしと信吾が立往生する一行に斬りかかって異人たちを仕留める。うまくいくか否かは、おぬしたち次第だ。いいな」

「はいっ」

また四人の鬼子たちは紅潮した顔で一斉に答えた。

信吾は大刀を抱いたまま、目を瞑り、蟬の鳴き声に聞き入った。

父上を思い、母上を思い、姉上を思った。天涯孤独だ。己の命と引き替えに堅蔵を助けることができれば、もはやこの世に思い残すことはない。

目の奥で、弥生の顔が寂しげに笑った。

十三

あたりがすっかりと暗くなり出していた。

道場の見所に立てた貫目蠟燭の炎が道場の中を照らしている。

文史郎は、弥生、左衛門、大門と車座になり、明日の警護について打ち合せをしていた。

突然、道場の玄関先に馬蹄《ばてい》の音が響いた。

馬蹄は止まり、人が馬から降りる気配が立った。

「う？　早馬か」

左衛門がいち早く気付いた。

間もなく、玄関の引き戸が開く音がして、人が走り込んだ。

「ご注進、ご注進。相談人殿は居られるか」

「おおう。どなたからの早馬かな」

左衛門が立って、式台に迎えに行った。

「火盗改与力頭矢部透馬の使いにござる。大館文史郎殿にお知らせしたいことがござる」

文史郎は大声で使いにいった。

「それがしが、大館文史郎だ。上がってくれ」

使いの侍は、履物を脱ぐ間も惜しむように道場に上がり、見所まで急いだ。

「ご苦労であった。いったい何ごとか？」

「今朝捕縛した幹部の一人が白状いたしました。明日の襲撃の段取りが分かりました」

侍は息急《せ》き切っていった。

「明日の待ち伏せも、先日と同じく、公使一行の復路に、赤羽橋にて待ち伏せせんというものでござる」

「復路に襲う企てだったと申すのか？」

文史郎は腕組をし、考え込んだ。

「はい。いかがいたしました」

「うむ。まあいい。先を続けてくれ。どのような段取りだというのだ？」

「橋を渡るときに一行の前後を荷車で挟み込んで進退できぬように妨害し、公使一行の騎馬隊が立往生したところを、斬り込み隊が襲いかかる企てだったそうです」

「その斬り込み隊を率いるのは誰だ？」

「首領の川北厳斎にござる」

「やはり、川北厳斎か。斬り込み隊の面々については、何か分かったか」

「はい。川北厳斎の一番弟子の赤井信吾。さらに、その二人を中心にした川北厳斎の弟子の四天王とされる若手剣士四人の決死隊だそうです」

「その者たちが、どこに隠れているのかは？」

「いまのところ、自白は得ていません。捕まえた者たちを夜を徹して追及する所存です」

「拷問するのか」

「いいえ。我らは訊問と申しています」

使者の侍は平然としていった。

「なお、自供によりますと、斬り込み隊を援護するため、事前に外国奉行邸や外国御用出役の番屋、さらに幕府老中や若年寄の邸などに焼き討ちをかけて、警備や警護を混乱させる目論見だったそうでござる」

「かなり大規模で大胆な企てだな」

文史郎は唸った。

使者は誇らしげに胸を張った。

「その目論見は、今朝の我らの手入れにより、未然に防ぐことになりました」

「うむ。火盗改の手柄だな」

「しかし、肝心の公使一行を襲撃する斬り込み隊は捕まえることができなかったので、明日、特に公使一行の復路において厳重な警戒を要すという知らせにござる」

「ありがとうござった。ただちに、外国御用出役、別手組頭取武島陣三郎殿にも、伝達いたそう。与力頭矢部透馬殿に、よろしくお伝えくだされ」

文史郎は使者に礼をいった。

「はっ。では、これにて失礼仕《つかまつ》る。御免」

使者は後退《あとじさ》りするようにして下がり、道場から出て行った。しばらくして馬蹄が響き、遠ざかった。

左衛門は文史郎の顔を見た。

「やはり、今度も復路、赤羽橋で待ち伏せる企てでしたか」

大門は腕を組み、考え込んだ。

「そういう企てだったとして、火付盗賊改めに隠れ家が襲われ、仲間が大挙、捕まったり殺されたりしたとなると、川北厳斎は企てが火盗改に漏《も》れたと悟り、襲撃計画を変更するでしょうな」

文史郎もうなずいた。

「川北厳斎は知恵者だ。赤羽橋で襲う計画はやめにするだろう」

左衛門が訊いた。

「殿でしたら、どこで待ち伏せします？」

文史郎は腕組を解いた。

「それがしが川北厳斎だったら、復路ではなく、往路に一行を襲うよう変更するだろう」

「往路ねえ。ですが仲間の自供では復路に狙うと申していたそうではありませんか」

「それが狙い目なのだ。当初の計画では復路としていた。川北厳斎は、仲間が拷問に掛けられ、きっとそう自供すると考える。警衛陣は往路よりも復路を特に警戒しよう。だから、その裏をかく」

「なるほど」

左衛門は大門と顔を見合わせた。

「では、決行する場所は、どこにします？」

「それがしなら公使一行が東禅寺を出たところを襲うな」

「なぜ、公邸である東禅寺を出るところを襲うのですか？」

文史郎は一瞬、考え込んだ。

裏をかこう、というところまではいい。だが、なぜ、一行が公館である東禅寺を出たところで襲う、と思ったのか？

自分でも、それは理解不能だった。

強《し》いていえば、川北厳斎の気と、己の気が同調し合っているということか？

攻め手の直感と、守り手の直感の同調。

直感勝負だ。ほかに理由はない。

「ははは。勘だ。ここで感じる勘だな」

文史郎は頭を指でちょんちょんと叩いた。

「勘でござるか」

大門は左衛門と顔を見合わせて笑った。

文史郎は真顔でいった。

「第六感を馬鹿にしてはならんぞ。どこでどう襲うかは、攻め手が決める。攻め手は地の利、風の利、水の利、天の利を考えて作戦を立てる。だが、それだけでは足りない。さらに本人の運とツキがないとな。運とツキがなければ、どんなに緻密《ちみつ》で完璧な企てでも失敗するものだ」

「では、勘だとして、どのように襲うのでござろうか？」

　文史郎は頭を左右に振った。

「分からない。現場で考えれば思い浮かぶかもしれないがな」

「そうですか。分かりませんか」

　大門も考え込んだ。文史郎は左衛門に向いた。

「爺、ともあれ、別手組邸に行き、武島陣三郎に、さっきの早馬の報告を伝えてくれ。その上で、捕縛した連中の自供通りには、川北厳斎は企てを立てない。きっと裏をかこうとする。だから、復路の赤羽橋でなく、往路のどこかでやろうとする。警戒を強められたし、と。特に、それがしの勘のことも話してくれ」

「はい。承知いたしました」

　左衛門は腰を上げた。

「では、行って参ろう」

　左衛門は道場から出て行った。

文史郎は弥生に向いた。

「弥生、先ほど申したように、どうも嫌な予感がする。東禅寺を出るときに、十分に警戒をしてくれ。我らも、すぐに駆け付けられるように、近くに待機しよう」

「はい。十分警戒します」

「弥生は夜明け前には東禅寺へ行くのであろう。今夜は早めに休んでおくがいいぞ」

「はい。そうさせていただきます」

「大門、わしらもそろそろ引き揚げて、休むとしよう」

「はい。そうしましょう。今日も一日たいへんでしたからな。正直、疲れました」

大門も腰を上げた。

「皆さん、こちらにお泊まりになられたらいかがですか？　母も喜びましょう」

文史郎は大門と顔を見合わせた。

「そうするか」

「朝、弥生殿といっしょに出ればいいのですからな」

「そうなさいませ」

弥生も嬉しそうに笑った。

「御免。どなたか、おられませんか」

道場の玄関先から声がかかった。

「御免くだされ。相談人様はおられますか？」

いまごろ、誰が訪れたというのか。

「どおれ」

大門が玄関先に向かった。

「なんだ。おぬしは次郎太ではないか」

文史郎は玄関先に目をやった。行灯の明かりを受けて次郎太の顔が覗いていた。

「どうした？」

「堅蔵の気が戻りました」

「おう。それはよかったな。何か申しておったか？」

「それで、ぜひ、相談人様にお話ししたいことがあると申しておりまして。それがしと、いっしょにお越し願えませぬか。明日の襲撃の企てについて、ぜひ、きいてほしいと」

次郎太は玄関先から身を乗り出し、文史郎にお辞儀をした。

「よし。次郎太、いっしょに参ろう」

文史郎は立ち上がった。

「私も」弥生も立とうとした。

「弥生、おぬしはいい。それがしと大門が堅蔵に会って話をきく」

文史郎は弥生を残し、玄関先へと急いだ。

十四

信吾は鬱蒼とした木立の間に身を潜め、警護の侍たちが通り過ぎるのを待った。

もう何度も警護の侍たちが巡回している。

通りには一定の距離を置いて、黒い羽織姿の警衛の侍たちが立ちはじめた。

信吾の目の前にも羽織姿の警衛の侍が立ち背を向けている。

あと半刻（一時間）もしないうちに、イギリス公使一行は東禅寺を出る。

川北厳斎は、どこから得た話なのか、信吾たちに告げた。

川北厳斎門下の四鬼子たちは、川北厳斎の指示でどこかに身を潜めている。ここからは彼らの姿は見えない。

川北厳斎の姿も、先ほどまでは木陰に見えていたのに、いまは藪の陰に入って見えなくなっている。

合図するまで出るな。それが川北厳斎の命令だった。

警護の一隊が東禅寺の山門の中で待機していたのは信吾も見ている。

寺の前の通りは、公館警備の侍たち以外の人影は見当たらない。

信吾は心を無にした。何も考えずにいた。

己にできることは、死んでお詫びをすることだ。そのためには……。

東禅寺の門扉《もんぴ》がゆっくりと開きはじめた。

十数人の侍たちが飛び出し、門前に並ぶ。いずれも刀の柄に手をかけている。

信吾は手早く、下緒で襷掛けした。

額に白鉢巻きをきりりと締めた。竹筒の水を口に含み、刀の柄に吹き付け、十分に湿らせた。

山門から騎馬が数騎出て来た。

四騎が先に駆け、通りを走り抜ける。

さきがけだ。さきがけがまず駆け抜け、様子を見る。敵の姿がない、と見ると、次に本隊の騎馬隊が出て来る。

信吾は木立から草叢《くさむら》に忍び寄り、気配を消した。

本隊の騎馬隊が門の外に現れた。黒い洋装の男たちが馬に乗り、賑やかに異国の言葉を交わしながら、二列縦列の隊形で通りをこちらにやって来る。

隊列のほぼ中ほどに、異人の男たち三人が馬を馳せ、続いて桃色の洋装の異人の女と、もう一人侍姿の女が馬を駆っている。

その縦列隊形の騎馬隊の前後に、緊張した面持ちの警護の侍たちの騎馬が数頭ずつ付く。

「かかれ！」

どこからか、川北厳斎の声が響いた。

それを合図に、二人の影が藪から躍り出て、通りに立っていた警衛の侍たちを斬った。ついで、騎馬隊の前に飛び出した。

それに呼応するように、別の二人の影が向かい側に立っていた警衛の侍二人を斬り捨て、そのまま騎馬隊に突進した。

四鬼子の若侍たちだ。それぞれ、赤白青黒の鉢巻きを頭に締めている。

信吾は唇を嚙んだ。まだ合図が出ない。

赤鬼と白鬼の若侍が続け様に黒い包みを放った。

閃光が連続し、黒煙が噴き上がった。

鈍い爆発音が二発あいついで起こった。

爆裂弾！

一発はあまりに至近だったため、投げた白鬼は爆発に巻き込まれ、ばらばらに吹き飛んだ。

その爆発で騎馬隊は止まった。馬が暴れはじめた。

今度は青鬼が爆裂弾を抱えて騎馬隊の中に駆け込んだ。警護の騎馬の中で爆裂音が轟《とどろ》いた。

青鬼が自爆し、肉片が四方八方に飛び散った。

爆風で警護の騎馬が薙《な》ぎ倒された。

異人女が悲鳴を上げた。

馬の一頭が後ろ肢立ちになり、騎乗していた異人の女を振り落とした。

「…………」

洋服姿の異人の男が何か叫び、馬から飛び降りて、異人の女に駆け寄った。

侍姿の女も馬からひらりと飛び降りた。

信吾ははっとして、侍姿の女を見た。

もしや……弥生様では？

信吾は軀が硬直した。

馬たちは興奮し、口から泡を吹いて、右往左往している。馬上の男たちは必死に手綱を引き、馬を宥めようとしている。

怒鳴り声がきこえた。

抜刀した赤鬼と黒鬼が警護の侍たちと斬り合っている。現場は大混乱に陥った。

「信吾、行くぞ!」

川北厳斎は、騎馬隊に向かって走り出た。

信吾も木立の間を走り抜け、藪を飛び越え、通りに躍《おど》り出た。

川北厳斎が抜刀し、騎馬隊に向かって突進するのが見えた。

警護の侍は馬から飛び降り、川北厳斎に斬りかかる。

信吾も抜刀し、川北厳斎に続いた。

川北厳斎は立ち塞がった警護の侍を一刀のもとに斬り下ろした。

ついで、もう一人の警護の侍も一瞬のうちに斬り払った。

「信吾、わしが援護する。おぬしは毛唐を斬れ」

「行け行け。ひるむな。公使たちをお守りしろ! 突破するぞ! 続け」

警護の隊長が叫び、馬の首を前に回し、鐙で馬の腹を蹴った。

隊長の馬は前に立ちはだかった赤鬼、黒鬼を撥ね除けて走り出した。その後ろから異人たち二人の馬が続いた。

「毛唐たちに逃げられるぞ。落ちた毛唐の女と男を斬れ」

川北厳斎の怒声が起こった。

信吾は落馬した異人女と、その女を抱え起こしている異人に向かおうとした。

目の前にひらりと、侍姿の女が躍り出た。

「信吾、おやめなさい」

凛とした声が信吾を呼び止めた。

目前に弥生の顔があった。信吾を睨んでいた。

「弥生様」

「信吾、刀を引きなさい」

弥生は両手を広げ、異人の女と男を背に庇った。

「信吾、ひるむな。その女も斬れ」

川北厳斎の声が背後から飛んだ。

「信吾、どうしても、カレンさんたちを斬るというなら、私がお相手します」

弥生は大刀をすらりと抜いた。

「……ヤヨイさん、のきなさい」

異人の女が片言《かたこと》の日本語で叫んだ。異人の女の手に短筒《たんづつ》が握られていた。

信吾は悲しかった。弥生は斬れない。

弥生様、それがしは……。

信吾は弥生の顔を見つめた。

「信吾、何をしている。斬らぬか。斬らねば、わしが斬るぞ」

信吾は心を決めた。

この人のためなら死ねる。命を投げ出せる。

「弥生様、御免」

信吾は目礼し、くるりと弥生に背を向けた。

「先生、それがしには斬れません」

川北厳斎の足許には、斬られた警護の侍たちが転がっている。いつの間にか、赤鬼、黒鬼も斬られて倒れていた。

四人の若者たちは何のために死んだ？　無駄死にではないか。

これ以上、なんのために殺し合うのだ？　信吾はむらむらと怒りが込み上げて来た。

そうか。これが文史郎様がいっていた殺人剣なのか。信吾は心を決めた。

「先生、それがしがお相手します」

信吾は刀を青眼に構え、川北厳斎に向いた。

斬る。たとえ、恩師でも斬る。殺人剣を倒す。

信吾は全身から剣気を放ち、川北厳斎の剣気に対抗した。

「信吾、おぬし、師に刃《やいば》を向けるというのか」

「もはや、師とは思わぬ。師弟の縁は切り申した」

「堅蔵がどうなってもいいのだな」

一瞬、信吾はひるんだが、すぐに気を取り直した。

「卑怯者、それが師のやることか！　もはや許さぬ」

川北厳斎は唇を歪めて笑った。

「見込み違いだったな、信吾。おぬし、そんなに死にたいか。ならば地獄へ送ってやろう」

川北厳斎は刀を上段に構え、蟷螂が鎌を振り上げるように構えた。

秘太刀蟷螂。

猛烈な殺気が川北厳斎の全身から迸《ほとばし》り出た。

「信吾、おぬし。わしに勝てるか？　出せ、おぬしの秘太刀蟷螂を」

「それがし、秘太刀蟷螂は封印した。二度と使わぬ」

「ははは。では、使わずともよい。勝手にせい」

川北厳斎は蟷螂の鎌の構えをしたまま、じりじりと間合いを詰めた。

一足一刀。

川北厳斎の蟷螂の刃が信吾に上段から突き入れられた。

信吾は刃先が目の前にゆっくりと突き入れられるのが見えた。一瞬なのに、長い時間がかかったように思った。

「信吾、危ない」

弥生の声が飛んだ。

背後から軀を突き飛ばされ、信吾は脇に転がった。それでも、一瞬早く川北厳斎の刀の切っ先が信吾の左腕を切り裂いていた。

信吾は刀を落とし、膝をついた。

十五

信吾が危ない。

弥生は信吾を突き飛ばし、前に出た。川北の刀がわずかにずれて信吾の左腕を削るようにして落ちた。すぐに川北は刀を引き上げた。

弥生が信吾を背に庇った。

「おのれ。邪魔するか。女、どけ」

弥生は刀を構えて怒鳴った。

「それがしが、信吾に代わってお相手いたす」

川北厳斎は嘲《せせ》ら笑った。

「女だてらに。容赦せぬぞ」

「大瀧弥生。大瀧派一刀流。秘剣とやら出してみられよ」

弥生は青眼に刀を構えた。

「ははは。命知らずめ」

川北厳斎は再び、蟷螂の鎌のように上段に刀を振りかざした。

弥生は呼吸を整え、川北厳斎の攻撃に備えた。突きで来るか。来るなら来い。

弥生は無心になり、川北に正対する。

いきなり、川北厳斎の刀の刃先が動いた。突きではない？　刀先がくるりと弧を描いて襲いかかって来るのが見えた。

なに？　これ。

瞬間、背後で銃声が起こった。川北厳斎の軀がふっと揺らいだ。刃先が弥生の肩先を薙いで抜けた。小袖が切られ、白い肌に赤い刀傷が引かれた。鮮血が噴き出した。

カレンの手の拳銃が火を噴いたのだ。

「ゲットバック!」

カレンの声が響いた。

弾丸は外れ川北の頰を擦めて飛んだ。軀が揺らいだのは、そのせいだった。

川北厳斎は嘲ら笑い、また刀を振り上げ、弥生に振り下ろそうとした。

そのとき、何かが飛翔《ひしょう》し、川北厳斎を襲った。川北厳斎はひらりと身を翻して、飛翔した小柄《こづか》を刀で斬り落とした。弥生は馬蹄が近付いているのをかすかにきいていた。

「なにやつ」

川北厳斎は、はっとして、横手に顔を向けた。

十六

文史郎は馬で駆けつけると同時に、小柄を川北に放っていた。

川北は、小柄を避けて斬り下した。

「間に合ったようだな。川北厳斎、拙者、文史郎が弥生に代わって相手をいたす。先の立ち合いの決着をつけようぞ」

「いいだろう」

「爺、弥生や信吾を頼む」

「はいはい。ただいま」

左衛門は弥生と信吾に駆け付けた。

「よくぞ、堅蔵を人質に取って脅し、信吾を刺客に戻そうとしてくれたな。無垢《むく》な少年たちを扇動して殺人剣を仕込み、刺客に仕立て上げようとは言語道断。許せぬ」

「では、おぬしの活人剣とやらを、わしに見せてもらおうか」

「いいだろう。おぬしの邪剣が勝つか、それがしの義の剣が勝つか」

文史郎は黙って、右下段に刀を下ろし、刃を返した。

川北はにやりと笑った。

「その構え、なんと申す」

「心形刀流秘剣引き潮」

川北厳斎は、再び刀を上段に構え、さっと蟷螂の鎌のように構えた。

文史郎は刀の刃先を地すれすれに這わせ、後ろに引いて行く。

引いた潮がゆっくりと盛り上がり、ぎりぎりまで堪え、一気に波頭が崩れ落ちる。
文史郎の刀がきらめいて一閃した。
ほとんど同時に蟷螂の刃先も一閃して、文史郎を突き刺した。
相討ち?
ほんのわずかに文史郎の刀が川北厳斎の肩口から胴に斬り下ろすのが早かった。
川北厳斎の蟷螂の鎌はわずかにずれ、文史郎の小袖を切り裂いた。
静寂があたりを覆った。
やんでいた蟬時雨が再び鳴き出した。
文史郎は残心の構えを取った。
川北厳斎は膝からゆっくりと崩れ落ちた。
川北厳斎は、なおも刀を振り回し、文史郎を斬ろうとしたが、そのままどっと倒れた。
勝った。
文史郎は残心を解いた。
「弥生、大丈夫か」
文史郎は弥生に駆け寄り、肩を抱き寄せた。

「文史郎様」

弥生は文史郎の肩に顔を埋めた。

文史郎は弥生の肩口の傷を調べた。かなりの深手だ。

「弥生、しっかりせい。おぬしの命はきっと助ける」

文史郎はあたりを見回した。

「左衛門、幸庵を呼べ」

左衛門は馬に飛び乗り、通りを駆け出して行った。

大門が信吾を抱え起こしていた。

文史郎は弥生を抱きながらきいた。

「信吾、大丈夫か」

「はい。前の怪我ほどではありません」

「すべての事情は、次郎太と堅蔵からきいた。信吾、安心せい、堅蔵は無事に助け出したぞ。怪我はしているが、命に別状なしだ」

「ありがとうございました」

「堅蔵の証言で、おぬし、望めば藩籍を回復できるぞ。川北厳斎に騙されて脱藩したことが証明できる。そうなれば、おぬしはまた赤穂藩士だ」

「ありがとうございます。ですが……もはや、それがし、藩には戻りませぬ。それがし、今後は浪人となり、文史郎様たちのように人のために生きて参りたいと思います」

「そうか。今後は、己の人生を大事にすることだ」

文史郎は弥生の肩を抱きながら、大門と顔を見合わせた。

十七

暑い夏は終わった。

文史郎たちは、再び、安兵衛店での平穏な生活に戻った。

弥生は幸庵の外科手術のお陰で、どうにか命を取り留めた。いまは、母親の看護で養生している。

大瀧道場は、師範の武田広之進、師範代の高井真彦がしっかりと経営している。

大門は時折、道場に顔を出し、臨時師範として門弟たちに稽古をつけている。

左衛門はといえば、あいかわらず口入れ屋権兵衛のところに通っている。

信吾は、文史郎たちの立ち会いの下、元服して前髪を剃り落とし、立派なおとなの道を歩みはじめている。いまでは刀を捨て医学を勉強しようと、幸庵の助手になった。

次郎太と堅蔵は藩の推薦を受け、講武所に入った。そこで剣の修業をしつつ、英語と洋式兵学の勉強をしはじめた。

次郎太、堅蔵の英語の個人教師にはカレン女史がなってくれた。

別手組頭取武島陣三郎は、公使警護の功績を認められ、首席頭取に抜擢されている。いまでは、別手組三百人を率いて、公使警護にあたっている。

火付盗賊改めの与力頭矢部透馬は、攘夷派志士団撲滅の功績で、本手組頭取に出世した。

なお、その後、信吾は幸庵の助手をしているうちに、看護師の美しい娘を見初めたという噂だ。

男は女によって変わる。女が男によって変わるように。

はたして、信吾、次郎太、堅蔵は、どのようなおとなになるのか、文史郎と左衛門、大門は楽しみにしているのだった。

時代小説

二見時代小説文庫

刺《し》客《かく》見《み》習《なら》い　剣《けん》客《かく》相《そう》談《だん》人《にん》17

著者　森《もり》　詠《えい》

発行所　株式会社　二見書房
東京都千代田区三崎町二―一八―一一
電話　〇三―三五一五―二三一一［営業］
　　　〇三―三五一五―二三一三［編集］
振替　〇〇一七〇―四―二六三九

印刷　株式会社　堀内印刷所
製本　株式会社　村上製本所

ISBN978－4－576－16116－7
http://www.futami.co.jp/

剣客相談人　長屋の殿様 文史郎
森 詠［著］
若月丹波守清胤、三十二歳。故あって文史郎と名を変え、八丁堀の長屋で爺と二人で貧乏生活。生来の気品と剣の腕で、よろず揉め事相談人に！ 心暖まる新シリーズ！

狐憑きの女　剣客相談人2
森 詠［著］
一万八千石の殿が爺と出奔して長屋して暮らし。人助けの万相談で日々の糧を得ていたが、最近は仕事がない。米びつが空になるころ、奇妙な相談が舞い込んだ！

赤い風《かざ》花《はな》　剣客相談人3
森 詠［著］
風花の舞う太鼓橋の上で旅姿の武家娘が斬られた。釣り帰りに目撃し、瀕死の娘を助けたことから「殿」こと大館文史郎は巨大な謎に渦に巻き込まれてゆくことに！

乱れ髪 残心剣　剣客相談人4
森 詠［著］
「殿」は大川端で心中に見せかけた侍と娘の斬殺死体を釣りあげてしまった。黒装束の一団に襲われ、御三家にまつわる奥深い事件に巻き込まれていくことに…！

剣鬼往来　剣客相談人5
森 詠［著］
殿と爺が住む八丁堀の裏長屋に男装の女剣士が！ 大瀧道場の一人娘・弥生が、病身の父に他流試合を挑む凄腕の剣鬼の出現に苦悩し、助力を求めてきたのだ。

夜の武《もの》士《のふ》　剣客相談人6
森 詠［著］
裏長屋に人を捜してほしいと粋な辰巳芸者が訪れた。札差の大店の店先で侍が割腹して果てた後、芸者の米助に書類を預けた若侍が行方不明になったのだというが…。

笑う傀儡《くぐつ》　剣客相談人7
森 詠［著］
両国の人形芝居小屋で、観客の侍が幼女のからくり人形に殺される現場を目撃した殿。同じ頃、多くの若い娘の誘拐事件が続発、剣客相談人の出動となって……。

二見時代小説文庫

残月殺法剣 剣客相談人15
森詠［著］

日本橋の大店大越屋から、信濃秋山藩と進めている開墾事業に絡んだ脅迫から守ってほしいと依頼があった。さらに、当の信濃秋山藩からも相談事が舞い込み…。

風の剣士 剣客相談人16
森詠［著］

殿と爺の国許から早飛脚。かつて殿の娘を産んだ庄屋の娘・如月の齢の離れた弟が伝説の侍、風の剣士を目撃したというのだ。急遽、国許に向かった殿と爺だが…。

進之介密命剣 忘れ草秘剣帖1
森詠［著］

開港前夜の横浜村近くの浜に、瀕死の若侍を乗せた小舟が打ち上げられた。回船問屋の娘らの介抱で傷は癒えたが記憶の戻らぬ若侍に迫りくる謎の刺客たち！

流れ星 忘れ草秘剣帖2
森詠［著］

父は薩摩藩の江戸留守居役、母、弟妹と共に殺されていた。いったい何が起こったのか？ 記憶を失った若侍に明かされる驚愕の過去！ 大河時代小説第2弾！

孤剣、舞う 忘れ草秘剣帖3
森詠［著］

千葉道場で旧友坂本竜馬らと再会した進之介の心に疾風怒涛の魂が荒れ狂う。自分にしかできぬことがあるやらずにいたら悔いを残す！ 好評シリーズ第3弾！

影狩り 忘れ草秘剣帖4
森詠［著］

江戸城大手門はじめ開明派雄藩の江戸藩邸に脅迫状が貼られ、筆頭老中の寝所に刺客が……。天誅を策す「影法師」に密命を帯びた進之介の北辰一刀流の剣が唸る！

不殺《ふさつ》の剣 神道無念流 練兵館1
牧秀彦［著］

北辰一刀流の玄武館と人気を二分する練兵館の玄関に讃岐の丸亀城下から出奔してきた若者が入門を請うた。何やら秘めたる決意を胸に……。剣豪小説第1弾！